Zahl Dich Frei Manuela

Romanhafte Dokumentation

Joachim Kuhrig

Verlag BoD-Books on Demand, Nordersted

Zahl Dich Frei - Manuela

Joachim Kuhrig

1. Auflage
Januar 2019

ISBN: 9783740753504

TWENTYSIX – Der Self-Publishing-Verlag
Eine Kooperation zwischen der Verlagsgruppe
Random House und Books on Demand

Foto: Privatarchiv
Herstellung und Verlag: BoD-Books on Demand, Norderstedt

Bibliografische Information der Deutschen Nationalbibliothek:
Die Deutsche Nationalbibliothek verzeichnet diese Publikation in der Deutschen Nationalbibliografie; detaillierte bibliografische Daten sind im Internet über http://dnb.d-nb.de abrufbar.

Alle Rechte liegen beim Autor.
© Joachim Kuhrig

Das Werk ist einschließlich aller seiner Teile urheberrechtlich geschützt. Jede Verwertung und Vervielfältigung des Werkes sind ohne Zustimmung des Verlages unzulässig und strafbar. Alle Rechte, auch die des auszugsweisen Nachdrucks und der Übersetzung, sind vorbehalten! Ohne ausdrückliche schriftliche Erlaubnis des Verlages darf das Werk, auch nicht Teile daraus, weder reproduziert, übertragen noch kopiert werden, wie zum Beispiel manuell oder mithilfe elektronischer und mechanischer Systeme inklusive Fotokopieren, Bandaufzeichnung und Datenspeicherung. Zuwiderhandlung verpflichtet zu Schadenersatz.

Inhaltsverzeichnis

Impressum 4
Inhaltsverzeichnis 5
Vorwort 7

1 Erpressung 9
2 Abwägung 18
3 Vereinbarung 33
4 Geldregen 42
5 Forderung 49
6 Wiesbaden 58
7 Amerika 62
8 Karriereknick 66
9 Veröffentlichung 80
10 Landgericht 91
11 Oberlandesgericht 102
12 Boykott 110

Dank 117
Bücher des Autors 118

Vorwort

In den Jahren 1979 und 1980 war ich mehrmals für ein paar Wochen zu Gast bei Manuela Wegener, zu der Zeit bekannt als Schlagersängerin mit *Schuld war nur der Bossa Nova*, auf dem Berghof in Seeg im Allgäu. Von 1981 bis 1984 wohnte ich häufig in ihrem gemieteten Haus in Seeshaupt am Starnberger See. Bei diesen Gelegenheiten erzählte sie mir ihre Lebensgeschichte. Die vorliegende Dokumentation mit erzählerisch eingefügten Episoden, in der die Fernsehaffäre im Vordergrund steht, basiert auf diesen Berichten.

Beim Verfassen des Textes lagen mir die Urteile des Landgerichts Mainz und des Oberlandesgerichts Koblenz vor. Ich war bei der Gerichtsverhandlung in Koblenz als Zuhörer dabei. Außerdem verfügte ich über Tagebücher der Sängerin und schriftliche Dokumentationen aus ihrer Sammlung.

Da ich bei den von ihr berichteten Gesprächen zwischen Manuela und Dieter Weber, in denen es um die Geldforderungen gegangen sein soll, und bei den von ihr geschilderten Geldübergaben in Luxemburg und Wiesbaden nicht anwesend war, kann ich nicht wissen, ob Manuela die Wahrheit gesagt hat. Deshalb kann ich nicht belegen, dass die Geschichte in allen Punkten realitätsgetreu ist, und behaupte das auch nicht.

Ich glaube allerdings, dass Manuelas Schilderung der Wahrheit entspricht. Ich finde sie glaubwürdig, weil ihr überzeugender positiver Charakter keinen Zweifel zulässt. Und außerdem: Warum hat sie mich lange vor der ersten Geldzahlung über die Sache informiert? Wenn alles erfunden und gelogen wäre, weshalb hätte sie mich schon damals, als sie noch voll im Geschäft war, um Rat fragen sollen, ob sie zahlen solle oder nicht?

Im Übrigen könnte Manuelas Bruder Klaus Dittmer bezeugen, dass ihm seine Schwester dieselbe Geschichte in wesentlichen Teilen nach und nach ebenfalls anvertraut hat.

Düsseldorf im Januar 2019
Joachim Kuhrig, Autor

1

Erpressung

„Ruhig Bobby, da ist doch nichts!", zischte Manuela ihren Toy-Pudel an und hob drohend die Rechte. Bobby knurrte noch einmal leise, ehe er verstummte. Ohne den kleinen weißen Hund weiter zu beachten, widmete sie sich der Post, die stapelweise auf dem Couchtisch herumlag.

Nach ihrem letzten Fernsehauftritt hatte sie mehr als zehntausend Autogrammwünsche bekommen. Zum Lesen hatte sie es sich im rot gefütterten Kugelsessel gemütlich gemacht. Da sie eher zierlich war, passte sie bequem in den Sitz. Ein Foto mit diesem Motiv schmückte das Cover einer ihrer ersten Langspielplatten, die in Reichweite zwischen den Briefen lag.

Da Bobby keine Ruhe gab, stand Manuela auf und lief ins benachbarte Schlafzimmer, wo sie durch ein Fenster mit halb geöffnetem Rollladen einen Blick in den Garten warf. Zunächst bemerkte sie nichts. Draußen schien alles ruhig zu sein. Kein Wunder, es war ja bereits nach Mitternacht. Dann aber glaubte sie gesehen zu haben, dass im Schein der Straßenlaternen ein Schatten vorbeigehuscht war. Angestrengt blickte sie Richtung Gartenzaun.

Und da sah sie den Mann. Sie glaubte, ihn zu erkennen. Dieter vom Fernsehen. Was schlich der denn ums Grundstück herum, zu dieser Uhrzeit? Merkwürdig!

Manuelas Anwesen lag in einer noblen Wohngegend, mitten in einem Wäldchen in Berlin-Kladow. Das Haus mit Grundstück hatte sie vor zwei Jahren vom Geld gekauft, das die Schallplattenfirma als Vorschuss für die Verlängerung ihres Fünfjahresvertrages bezahlt hatte.

Meistens war sie nachts nicht allein im Haus. Ihr Manager und väterlicher Freund Werner Fey bewohnte ein Zimmer im unteren Geschoss, ebenso wie ihr Bruder Klaus Dittmer, der ihr half, Haus und Garten in Schuss zu halten und Gäste zu bewirten. Heute aber waren beide nicht da.

Sie sah, wie Dieter sich langsam dem Eingang näherte, dort auf und ab ging und schließlich am schmiedeeisernen Tor stehenblieb. Warum schlich er wie ein Dieb ums Haus und kam nicht schnurstracks zu ihr? Irgendetwas stimmte nicht. Scheute er sich, weil es schon so spät war? In der kühlen, klaren Frühlingsluft schien er zu frösteln, denn er schlug den Mantelkragen hoch.

In den letzten drei Jahren hatte sie Dieter öfter hierhin eingeladen, vor und nach ihren Fernsehauftritten, die er als Redakteur der *ZDF-Hitparade* und der *Starparade* arrangiert hatte. Diese geschäftlichen Nachfeiern mit ihr und seinen Fernsehkollegen waren stets harmonisch, man könnte sagen freundschaftlich, verlaufen. Sie duzten sich sogar. Werner und Klaus waren jedes Mal dabei.

Aber heute stand Dieter unangemeldet vor ihrem Haus. Eigentlich viel zu spät für einen Besuch. Warum hatte er nicht von unterwegs angerufen, von einer Telefonzelle oder einem Restaurant aus? Handys gab es noch nicht. Sollte sie ihn hereinlassen?

Manuela schaltete im Schlafzimmer das Licht an.

Dieter musste es bemerkt haben, denn er gab sich einen Ruck und suchte im Halbdunkel den Klingelknopf. Es gab nur einen, Manuela. Er drückte.

Sie wartete eine Weile und überlegte fieberhaft. Soll ich ihn reinlassen? Ich würde doch normalerweise niemandem nachts die Tür öffnen, wenn ich allein bin. Niemals. Aber Dieter, den kenne ich doch. Der tut mir nichts. Okay, ich riskier's.

Erst nach dem dritten Versuch schaltete sie mutig die Sprechanlage ein und rief in schlaftrunkenem Tonfall: „Ja. Bitte!".

„Ich bin's, Dieter."

„Der vom Fernsehen?", tat sie überrascht.

„Ja."

„Was machst du denn hier um diese Zeit?" Manuelas Stimme klang verärgert.

„Entschuldigung! Lass mich mal kurz rein. Ich müsste was Wichtiges mit dir besprechen."

„Mitten in der Nacht?"

Dann war wieder alles still. Nach einer Weile hörte sie das Schnarren des Türschlosses. Im gleichen Augenblick leuchteten die Gartenlaternen und die Haustürlampen auf.

Manuela öffnete die Außentür und blieb stehen. Dieter war bereits durchs Tor geschlichen. Sie sah, wie er es hinter sich schloss und über dem gepflasterten Weg auf den Hauseingang zulief. Dabei muss er Manuelas Ponys in der nahe gelegenen, zum Stall umgebauten Autogarage wiehern gehört haben, denn er drehte den Kopf in die Richtung, aus der es zu vernehmen war.

Nachdem sie ihn mit Handschlag begrüßt und hereingebeten hatte, gingen beide durch die Eingangsdiele. Manuela gähnte und zeigte auf den Garderobenhaken. So unfreundlich war sie normalerweise nicht. Aber in Anbetracht der ungewöhnlichen Situation half sie ihrem ungebetenen Gast nicht.

Dieter hängte seinen beigefarbenen Trenchcoat-Mantel auf einen Kleiderbügel. Dann machten sie sich auf den Weg ins nahegelegene Wohnzimmer, sie voraus. Er trottete, gekleidet in schwarzen Edeljeans und dunkelblauem Nicki, hinterher. Manuela bot Dieter einen Platz auf dem Sofa an und kuschelte sich wieder in den Kugelsessel.

Sie sah, wie er sie beobachtete, und gähnte. „Entschuldigung, ich bin ein wenig müde." Zwischen ihnen stand der

Tisch, voll beladen mit Schallplatten, Autogrammkarten und Briefen.

Manuela trug einen hellvioletten Jogginganzug, die Haare hochgebunden, war ungeschminkt und barfuß. Mit ihren siebenundzwanzig Jahren, der schlanken Figur, den dunklen Haaren und vor allem dem umwerfend hübschen Gesicht würde sie Dieter nicht zum ersten Mal beeindrucken, dachte sie, sagte aber dann in freundlichem Ton zu ihrem Besuch, der sie immer noch anstarrte: „Normalerweise schlafe ich selten vor zwei, weil ich nachts am besten komponieren kann." Sie gähnte erneut. „Heute jedoch hatte ich einen anstrengenden Tag, ich hatte keine Lust mehr, mich an den Flügel zu setzen", dabei zeigte sie in die Richtung, wo er stand, „und habe Fanpost bearbeitet."

Dieter faltete verlegen die Hände, konnte aber ein leichtes Zittern nicht verbergen. „Es tut mir leid, dass ich dich störe."

„Macht nichts", log sie. „Aber sag, wo kommst du denn jetzt her?"

Er nahm die Hände wieder auseinander und rieb verlegen sein rechtes Ohrläppchen. „Von zu Hause. War den halben Tag unterwegs." Dann entdeckte er auf der gegenüberliegenden Seite des Tisches auf dem Sideboard neben der Stereoanlage, dem Tonbandgerät und dem Plattenspieler einen Kasten, der am Fernsehgerät angeschlossen war und den er zuvor noch nicht in einer Privatwohnung gesehen hatte: einen Videorekorder.

Manuela war seit wenigen Tagen die stolze Besitzerin eines VCR-Gerätes von *Grundig*, das erst seit kurzem für einen sündhaft hohen Preis im Handel erhältlich war.

Irritiert fuhr er fort: „Wo waren wir stehengeblieben? Ach ja! Ich wollte viel früher da sein." Und nach einer kleinen Pause verlegen: „Entschuldige, dass ich nicht vorher angerufen habe!"

Manuela nickte mit säuerlicher Miene. Sie betrachtete ihren Gast von Kopf bis Fuß. Sein schwarzes Haar ist schütterer geworden seit dem letzten Treffen, dachte sie. Die Schuhe kann er auch mal richtig putzen. Wo mag er wohl gewesen sein? „Entschuldigung!", rief sie plötzlich, lächelte ihn an, stand auf und lief mit federnden Schritten in die angrenzende Küche. Nach einer Weile kam sie mit einer gekühlten Flasche Weißwein und einem Öffner zurück, reichte beides ihrem Besuch. Dabei wäre sie beinahe über Bobby gestolpert. „Platz Bobby, ab ins Körbchen!" Der Hund gehorchte aufs Wort.

Dieter entkorkte die Flasche, während sie zwei Gläser holte und auf den Tisch stellte. Nachdem sie gefüllt waren, reichte er Manuela eines. Dabei lächelte auch er. Sie setzte sich, ohne eine Miene zu verziehen, neben ihren Gast aufs Sofa. Wortlos stießen sie an, tranken einen Schluck und stellten die Gläser auf den Tisch.

Ehe Manuela etwas sagen konnte, legte Dieter mit aufgeregter Stimme los: „Wir müssen reden. Deshalb bin ich heute gekommen." Er sah sie mit strengem Blick an.

Sie runzelte die Stirn.

„Manuela, am 20. November hast du, wie abgemacht, deinen Auftritt in der *ZDF-Hitparade*, ..."

„... wo ich meine neue Platte vorstellen kann. Die gibt es noch nicht. Sonst würde ich sie dir jetzt vorspielen." Manuela schmunzelte. Auf einmal war sie putzmunter, prostete ihrem Besuch erneut zu und trank ihr Glas in einem Zug leer.

„Richtig! Und jetzt kommt's. Für zwei Tage vorher könnte ich dir heute eine größere Sache in der Saarlandhalle in Saarbrücken anbieten. Du weißt, dass ich als Redakteur die Leute für die *Starparade* aussuche ..."

„... wo ich ja schon öfter aufgetreten bin. Zum ersten Mal damals bei der Premiere in der Siegerlandhalle. War das nicht vor drei Jahren? Das Fernsehen übertrug noch in Schwarzweiß." Manuela fing fröhlich an, das Erkennungslied der ersten Sendungen, das von ihrer Kugelsessel-LP stammt, zu singen: „*Danke sehr, dass ihr gekommen seid zu unsrer Fahrt rund um die Welt* ..." Sie kicherte, räusperte sich und fuhr dann fort: „An was dachtest du denn heute? Soll ich wieder Co-Moderatorin sein? Ich jedenfalls hätte auf Anhieb schon konkrete Vorstellungen."

Dieters Blick wanderte durchs Wohnzimmer. „Wo ist eigentlich Werner?"

Irritiert durch Dieters unvermittelten Themenwechsel war ihre gute Laune mit einem Schlag weg, als hätte man bei ihr einen Schalter umgelegt. Sie mürrisch: „Der hat geschäftlich bei der Plattenfirma zu tun. Da gibt es Ärger wegen der Lizenzen. Morgen kommt er zurück. Mit einem Vertrag müsstest du in jedem Fall warten. Ich schließe keinen ab, wenn er nicht dabei ist." Manuela bemerkte, dass sich Dieters Miene ein wenig verfinsterte, und fragte sich, warum.

Dann wechselte er erneut das Thema. Er wollte mehr über Manuelas Pläne in den USA wissen, worauf sie gern einging.

„Ich habe drüben Freunde, die mir eine Show mit Auftritten in einem großen Hotel in Las Vegas besorgen wollen."

Dieters Augen wurden groß. Das interessierte ihn offensichtlich. „Wie viele Auftritte?"

Manuela richtete sich auf. „Vielleicht fünfzig."

„Klasse!"

Sie bemerkte, dass sich Dieters Miene aufhellte.

Er lächelte. „Vielleicht kannst du deine Künste dann in einer meiner Sendungen präsentieren."

Manuela überlegte und sah dabei zufällig unter den Tisch, wo sie Bobby erblickte und einen Moment beobachtete, wie er mit seinem Stoffpüppchen spielte.

Nachdem beide ein weiteres Glas Wein getrunken hatten, wurde Dieters Tonfall plötzlich ernst: „Manuela, ich will dich wieder in der *Starparade* haben."

„Na, und! Du siehst mich so eigenartig an. Was ist los?"

Stille.

Nach der Verlegenheitspause, in der keiner was sagte, rückte er mit der Sprache heraus. „Die Sache hat einen Haken."

Manuela schüttelte den Kopf und runzelte die Stirn. „Wieso? Das ging doch bisher jedes Mal reibungslos."
„Es ist nämlich so …" Er stockte, als wenn er nicht weiterwüsste. „… Das Fernsehen bezahlt dir nach dem Auftritt wie immer zweitausend Mark. Soweit, so gut." Er richtete sich auf und fuhr in ernstem Ton fort, wobei seine Stimme leicht bebte: „Vor dem Auftritt erwarte ich aber von dir …" Er räusperte sich. „…, dass du mir den gleichen Betrag in bar gibst, für meine Bemühungen, dich überhaupt in die Sendung gebracht zu haben, verstehst du?"
Stille.
Dieter sah Manuela fragend an.
Sie war leichenblass und blickte zu Boden. Dann erhob sie sich und ging auf die andere Seite des Tischs. Ihr Gesicht war inzwischen aschfahl, und sie sagte eine Weile nichts. Ihre Augen wurden feucht und sie flüsterte nervös: „Du, du musst jetzt gehen. Bitte!"
Er wollte etwas erwidern. „Ich, ich …"
Manuela hatte den Eindruck, als wenn ihm die richtigen Worte fehlten. Sie sah ihm entsetzt in die Augen, kämpfte mit sich, brachte aber zunächst kein Wort heraus. Dann überwand sie sich und schleuderte ihm verächtlich ins Gesicht: „Ich bringe doch kein Geld mit, um beim Fernsehen arbeiten zu dürfen. Für wen hältst du mich!" Während sie sprach, zeigte sie mit zitterndem Arm zur Ausgangstür.
Dieter erhob sich ebenfalls. „Ich brauche das Geld dringend, ich bin zurzeit ein wenig klamm, du verstehst. Ich wohne nämlich zur Untermiete …" Er versuchte zu relativieren. „Außerdem, du bekommst mit der Gage das Geld praktisch zurück …"
„Ich arbeite doch nicht", unterbrach sie ihn mit bebender Stimme, „und du steckst dir meinen Lohn in die Tasche. Untermiete hin, Untermiete her!"
Er verzog sein Gesicht zu einer Grimasse, fühlte sich aber immer noch überlegen und gab nicht auf. „Sieh es doch so." Seine Stimme war jetzt ebenfalls lauter geworden. „Dein

Auftritt vor Millionen Zuschauern ist beste Werbung für dich. Du verkaufst fünfzigtausend Platten mehr dadurch. Und das hast du mir zu verdanken."

Sie schlug mit der Faust auf den Tisch, sodass Dieters Glas umfiel und sich der Rest Wein auf die Tischplatte ergoss. Sie beachtete das nicht und schrie wütend mit schriller Stimme: „Nein!"

Er ließ sich nicht durch ihr Schreien und den auslaufenden Wein beeindrucken. „Du musst, sonst sorge ich dafür, dass du nie mehr im Fernsehen auftreten kannst!" Während er sprach, hatte er drohend seinen rechten Zeigefinger erhoben.

Manuela traute ihren Ohren nicht. Sie verharrte in ihrer momentanen Bewegung. Dann, nach einer Weile: „Sag ... das ... noch mal!"

Er schwieg.

Sie holte tief Luft. „Das ist wie Schutzgelderpressung. Ich sollte dich anzeigen." Maßlos enttäuscht wies sie ihm erneut die Tür. „Raus hier! Ich lasse mich nicht erpressen."

Er bekam einen hochroten Kopf und stotterte: „N-nein! M...m...mit der Schutzgelderpressung übertreibst du jetzt aber. W...w...wir sprechen uns, wenn Werner dabei ist."

Manuela hämisch: „Mach dir keine falschen Hoffnungen! Mein Manager tut in geschäftlichen Dingen, was ich sage. Was die Erpressung angeht, nenn es, wie du willst. Jedenfalls ist es kriminell, wenn du Geld für etwas verlangst, das schon von den Gebühren der Rundfunkteilnehmer bezahlt wurde. Nämlich deine Arbeit fürs Fernsehen."

Dieter grinste und schüttelte den Kopf, nahm seinen Mantel vom Kleiderbügel am Garderobenhaken, warf ihn sich über die Schulter, verließ grußlos, ohne sich umzudrehen, das Anwesen, stieg in sein Auto, das er um die Ecke geparkt hatte, und fuhr davon.

Wie zum Hohn schnaufte ein Pony im Stall.

Manuela schloss die Haustür, wankte zurück ins Wohnzimmer, warf sich schluchzend aufs Sofa, nahm ein Kissen und schleuderte es in die Ecke. Bobby duckte sich in seinem Körbchen.

2

Abwägung

Als Manuela einige Zeit später den Rollladen im Schlafzimmer hochfuhr, sah sie, dass es draußen hell geworden war. Nervös blickte sie auf ihre Armbanduhr, die sie stets trug, auch nachts im Schlaf. Aber in dieser Nacht hatte sie keine Ruhe finden können, nach Dieters Abgang.

Werner hatte sich noch nicht gemeldet und sie ihn nicht erreicht, obwohl sie zigmal versucht hatte, ihn bei der Plattenfirma anzurufen. Wo blieb er nur? Sie überlegte. Er müsste längst mit dem Wagen aus Hamburg zurück sein. Morgens um acht war er losgefahren und hatte um eins einen Termin beim Chef der Plattenfirma. Am späten Nachmittag hätte er zurückfahren und abends hier sein können. War etwas passiert? Wurde er durch eine Panne aufgehalten? Zuzutrauen wäre ihm das. Sie waren ja schließlich nicht verheiratet. Er war ihr Manager, kümmerte sich um alles Geschäftliche, sonst war da nichts.

Völlig übermüdet legte sie sich schließlich wieder aufs Ohr und schlief nach einer Weile ein. Mitten in einem wirren Traum, in dem ein Mann ihr eine Pistole an die Schläfe hielt und Geld verlangte, wachte sie schweißgebadet auf, rieb sich die Augen und sah sich um. Gott sei Dank, ich bin zu Hause, es war alles nur geträumt, dachte sie.

Unmittelbar danach gab Bobby einen knurrenden Laut von sich. Manuela hörte, wie er aus seinem Körbchen sprang und durch das Schlafzimmer lief. Sie blickte Richtung Tür, die nur angelehnt war. Dann sah sie Werner im Türrahmen stehen. Ein unrasierter Vierzigjähriger, struppige Haare,

Oberkörper leicht nach vorn gebeugt. Beigefarbenes Hemd mit offenem Kragen, verknautschte braune Hose.

Er sah sie an und winkte. „Na Süße, fein geschlafen?", rief er gut gelaunt und wollte sich gerade umdrehen, als sie ihm mit vorwurfsvollem Ton erwiderte: „Ich bin nicht deine Süße, und ich habe schlecht geschlafen. Wo warst du so lange?"

Werner kam langsam ins Zimmer und setzte sich auf die Bettkante. Das hatte er schon oft getan, obwohl er wusste, dass sie es nicht mochte.

In dem Moment, als sie sich lautstark beschwerte, indem sie „Was soll das? Du weißt doch, dass ..." rief, unterbrach er sie und legte los: „Du, ich bin schon eine Weile zurück. Ich wollte dich nicht wecken und habe inzwischen das Frühstück vorbereitet. – Warum ich so spät komme?" Er schien einen Moment zu überlegen. „Die Verhandlungen dauerten endlos lange. Aber ich habe nicht nachgegeben. Es gibt Neuigkeiten aus Hamburg. Die wollen die Lizenzsätze für die Veröffentlichung deiner alten Titel von 1963 bis 1968 eventuell erhöhen. Wir bekommen in den nächsten Tagen Bescheid."

„Hör mal, du überfällst mich hier im Schlaf und erzählst mir eine lange Geschichte. Hat das nicht Zeit bis später? Ich bin noch gar nicht richtig wach."

Werner verdutzt: „Entschuldige!" Er verzog sein Gesicht zu einer Grimmasse.

„Wieso hast du nicht angerufen?"

Keine Antwort.

„Um bei deinem Thema zu bleiben. Wenn die auf den alten Sätzen beharren", gähnte Manuela, inzwischen auf der Bettkante sitzend, „soll sie der Kuckuck holen. Dann mache ich Neuaufnahmen der alten Titel und vermarkte sie selbst. Prüf mal, ob das geht."

Werner war ein paar Schritte rückwärts gegangen und stand mit dem Rücken zur offenen Tür. „Keine schlechte Idee. Aber wer soll das finanzieren? Für die Musik brauchen wir eine Band, die alle Songs neu einspielt. Alles muss modern arrangiert werden. Das wird nicht billig."

„Das ist dein Problem. Ich singe nur", erwiderte Manuela verschmitzt, stand gähnend auf und strich sich durch die Haare. „Wo wir gerade bei Problemen sind, wir haben ein brandneues. Da wirst du aber staunen. Komm, wir gehen in die Küche und setzen uns. Dann hörst du, was ich heute Nacht erlebt habe."

Manuela, die ihren Jogginganzug vom Vorabend trug und Werner, der immer noch in seinen Reiseklamotten steckte, setzten sich an den Küchentisch. Es gab Kaffee und Milch, Marmelade und Honig, knusprige Brötchen, gerösteten Toast sowie Rührei und Schinken. Sogar ein neuer Blumenstrauß stand auf dem Tisch. Ob es eine Entschädigung für seine viel zu späte Rückkehr sein sollte, überlegte Manuela? Er brachte doch sonst keine Blumen mit. Anstatt Danke zu sagen, was sie in ähnlichen Situationen tat, erzählte sie nun mit finsterer Miene ihrem Manager in aller Ausführlichkeit von der nächtlichen Begegnung mit Dieter.

Werners Gesichtsausdruck war zunächst so heiter wie bei seiner Ankunft, veränderte sich jedoch während Manuelas Erzählung von Mal zu Mal. Er blieb lange ruhig, aß zwei mit Wurst belegte Scheiben Toast und hörte aufmerksam zu, schüttelte nur gelegentlich den Kopf. Als er von der Erpressung hörte, wurde es ihm zu bunt und er schlug mit der Faust auf den Tisch, dass das Frühstücksgeschirr klapperte. „Dieser verdammte Kerl! Das wird er mir büßen! Er soll nur kommen." Wutentbrannt stand er mit einem Ruck auf und ging in der Küche hin und her.

Manuela sah, dass er sich öfter an den Kopf fasste, und hörte ihn leise vor sich hin fluchen: „Warum hast du den Spinner überhaupt ins Haus gelassen?" Sie frühstückte mit zitternden Händen weiter. Bobby saß inzwischen am Tischbein, winselte leise und sah sein Frauchen bettelnd an. Sie gab ihm ein kleines Stück Wurst.

Nachdem Werner sich wieder gesetzt hatte, frühstückte Manuela nicht mehr, sondern blätterte in einer Illustrierten.

Er stand erneut auf, räumte den Tisch ab, sortierte das benutzte Geschirr in die Spülmaschine und schaltete sie ein. Beide blieben eine Weile stumm, bis Manuela das Heft beiseitelegte und fragte: „Wie soll es mit Dieter weitergehen? Was willst du tun? – Ich will in die Sendung."

Werner sah Manuela mit ernstem Blick an. „Auf jeden Fall muss ich so schnell wie möglich mit ihm unter vier Augen reden. Ich rufe ihn heute an."

„Bei deinem Gespräch solltest du nicht vergessen, dass ich gegen die Zahlung des Erpressungsgeldes bin. Vergiss das nicht!", ermahnte Manuela ihren Manager mit erhobenem Zeigefinger.

Kurze Zeit später erreichte Werner Dieter am Telefon und vereinbarte ein Vieraugengespräch für den nächsten Sonntag in seinem Arbeitszimmer in Manuelas Haus. Während er mit seinem Kontrahenten telefonierte, blieb er ruhig und sachlich. Lospoltern wollte er erst beim Treffen. Bis dahin blieben drei Tage und die wollten sie irgendwie nutzen, um in der Sache weiterzukommen.

Werner suchte seinen Bruder Günter auf, der nur eine halbe Autostunde weit entfernt wohnte und ihm schon öfter in kniffeligen Situationen gute Ratschläge gegeben hatte. Manuela erfuhr nach Werners Rückkehr, dass Günter ihnen riet zu zahlen. Er würde ihnen das Geld sogar vorstrecken, falls das nötig wäre, da er es später ja von Manuelas Fernsehgage zurückbekäme.

Manuela telefonierte mit Achim, einem befreundeten Mathematik-Studenten in Düsseldorf, der ein paar Tage zuvor noch zu Besuch da war, und erklärte ihm die Sache. Der tendierte zwar ebenfalls dazu zu zahlen, wollte sich jedoch nicht festlegen, sondern noch überlegen.

Guter Rat war im wahrsten Sinne des Wortes teuer. Sollte man sich gegen die korrupten Machenschaften eines Fernsehredakteurs zur Wehr setzen und eventuell Nachteile für die Karriere in Kauf nehmen, oder sollte man der illegalen Forderung nachgeben und das erpresste Geld als Investition in die Karriere auffassen?

Sonntag Nachmittag, Punkt vier, stand Dieter, wie vereinbart, vor der Tür. Werner ließ seinen Besuch ins Haus und führte ihn nach einer förmlichen Begrüßung in sein Büro. Manuela hatte alles vom angrenzenden Gästezimmer aus beobachtet, wo sie an der Tür lauschte. Sie wollte dem Fernsehredakteur nicht begegnen, die Besprechung aber mitbekommen.

Werner begann das Gespräch mit einem Wutausbruch: „Dieter, verdammt noch mal! Wie kannst du Manuela einen solchen unseriösen Vorschlag machen und dann auch noch drohen?"

Sein Gegenüber schien die Ruhe selbst zu sein. „Werner, ich sage nur eins: Ich brauche das Geld. Bekomme ich es nicht, weißt du sicher von Manuela, was dann passiert."

Werner empört: „Du spinnst wohl!"

Der verächtlich: „Warum zeigst du mir einen Vogel? Die Plattenfirmen stehen bei mir Schlange, die wollen alle ihre Künstler in meine Sendungen."

„Du brauchst nicht beschwörend die Hände zu heben, als wolltest du um Entschuldigung bitten. – Wenn das dein letztes Wort ist, kannst du gehen. Wir telefonieren."

„Ich könnte beim Sender vielleicht eine Aufstockung der Gage erreichen, wenn ..."

„... Ach was!", fuhr Werner dazwischen.

Manuela sah durch ihren Türspalt, dass Werner in den Flur getreten war, mit seiner rechten Hand zur Ausgangstür zeigte und sagte: „Den Weg nach draußen kennst du ja."

Ohne sich zu verabschieden, verließ Dieter das Anwesen. Er hatte sich nicht einmal umgedreht, wie Werner später berichtete. Zurück blieben Manuela und ihr Manager, ratlos wie zuvor.

Nur wenige Tage später kam Werners Bruder zu Besuch in Manuelas Haus. Er tauchte, wie schon öfter zuvor, nachmittags unangemeldet auf, stand plötzlich mit seinem Bully vor der Tür. Manuela öffnete ihm.

„Die Sache mit dem Fernsehen geht mir nicht aus dem Kopf", sprudelte es gleich aus ihm heraus. „Ich finde, wir sollten darüber reden. Als Geschäftsmann meine ich, damit umgehen zu können."

Manuela kannte Günter schon eine Ewigkeit, eigentlich von Anfang an, als Werner sie bei einem Auftritt in seiner Berliner Kneipe entdeckt hatte. Er war schlanker als ihr Manager, auch ein paar Jahre älter als dieser, machte einen gepflegteren Eindruck und wirkte alles in allem drahtiger.

Die beiden Männer hatten schon im Wohnzimmer Platz genommen, als Manuela in der Küche Kaffee kochte und Kuchen aus dem Eisschrank holte.

Als alle drei am Kaffeetisch saßen, begann eine heiße Diskussion. Manuela vertrat die Position, dass sie auf keinen Fall Erpressungsgelder bezahlen wolle. Da seien der finanzielle Verlust und die „moralische Verpflichtung" gegenüber den „Zwangsgebühren zahlenden Fernsehzuschauern", denen man nicht zumuten könne, dass Fernsehmitarbeiter von ihren Gebühren bezahlt werden und dann ihre „Position ausnutzen, um Geld zu erpressen". Außerdem könnte die Sache später so verdreht werden, dass sie hingestellt würde, als wenn sie Bestechungsgelder angeboten und bezahlt hätte, um im Fernsehen auftreten zu können.

Günter vertrat die wirtschaftliche Seite der Geschichte. Der finanzielle Schaden könnte unermesslich groß werden, wenn Manuela weniger oft oder gar nicht mehr im Fernsehen präsent wäre. Sie sei auf das Medium angewiesen. Selbst wenn nur der eine Auftritt, um den es jetzt ginge, ausfiele, würde sie mindestens fünfzigtausend Platten weniger verkaufen. Der Verlust betrüge mehr als die zweitausend Mark Erpressungsgeld.

Manuela fiel auf, dass wieder die Zahl fünfzigtausend im Raum stand, fünfzigtausend unverkaufte Platten. Sie schüttelte den Kopf.

Werner, der bisher stets „Uns kann keiner!" und „Lass sie alle machen, was sie wollen! Wir machen, was wir wollen." predigte, knickte ein und war nun auf seines Bruders Seite. „Kindchen, wir machen das. Ich nehme das auf meine Kappe. Wir wollen es doch alle schön haben."
Manuela kopfschüttelnd: „Erstens bin ich nicht dein Kindchen. Zweitens bin ich nicht einverstanden. Aber mach, was du nicht lassen kannst! Ich trage die Verantwortung nicht."
Wochenlang geschah nichts.
Manuela und ihr Manager hatten die Geschichte für sich behalten, mit niemandem weiter darüber gesprochen, niemanden um Rat gefragt, außer Günter. Vom Telefongespräch zwischen Manuela und dem Mathematiker Achim wusste Werner nichts.
Warum hat sie den Studenten aus Düsseldorf überhaupt eingeweiht? Vielleicht, weil er nicht aus der Branche war und die prekäre Sache objektiv beurteilen konnte? Manuela musste an den 2. Januar 1970 denken. Sie war auf Werbetour für ihre neue Platte *Wenn du liebst* beim Sender *Radio Luxemburg*. Achim war mitgekommen, weil er dem Direktor des Radiosenders beweisen wollte, dass die Ergebnisse seiner Hitparade manipuliert waren. Dem Chef von *Radio Luxemburg* hatte das Gespräch in seinem Büro gar nicht gefallen. Die Sache ging schief. Von da an hatte der Sender kaum noch Platten von Manuela gespielt. Sie war also gewarnt, wollte keine negativen Gerüchte über Bestechungsgelder in die Welt setzen, auch wenn sie stimmten. Sie hatte Angst, ihrer Karriere zu schaden.
Um sich in die damalige Sache noch einmal hineinversetzen zu können, hatte sie Achim im Telefongespräch gebeten, das Geschehen von damals samt Vorgeschichte aufzuschreiben und ihr zu schicken. Dieser Brief war gestern angekommen und lag immer noch ungeöffnet auf dem Wohnzimmertisch.

Manuela nahm Achims Brief, öffnete ihn, machte es sich auf der Terrasse hinterm Haus auf ihrer Liege gemütlich und begann zu lesen.

Liebe Manuela, hier, wie versprochen, meine Erinnerungen an unser Radio-Luxemburg-Abenteuer vom vergangenen Jahr:
Zur Vorgeschichte.
Seit 1958 — da war ich gerade elf - hatte ich es mir zur Gewohnheit gemacht, sonntags ab 14 Uhr die Hitparade von Radio Luxemburg anzuhören, damals die maßgebliche Schlagersendung im deutschsprachigen Raum. Empfangen konnte man den Radiosender auf Mittel- und Kurzwelle, danach auch auf UKW. Moderator war der Rundfunksprecher und Sänger Camillo Felgen. 1969 hatte ein junger Mann diese Sendung übernommen. Der Modus für die Auswahl der Titel, die gespielt wurden, variierte im Laufe der Jahre. Zuletzt war es so, dass 26 Titel vorgestellt wurden, die Zuhörer per Postkarte abstimmen konnten, welche 20 in der nächsten Sendung wieder zu hören sein sollten. Dabei wurde angegeben, wie viel Prozent der Einsendungen sich auf die einzelnen Titel verteilten. Es kam vor, dass der Erstplatzierte mehr als 30 Prozent der Stimmen erhielt — als Freddy zum Beispiel seine großen Hits hatte —, der Zwanzigste oft weniger als zwei Prozent. Halbjährlich erhielten die drei erfolgreichsten Interpreten während einer Schlagerveranstaltung eine Trophäe, den Löwen von Radio Luxemburg.
Deine Lieder waren gut platziert, solange Camillo moderierte. Du hast für dein gutes Abschneiden einen Silbernen und einen Bronzenen Löwen bekommen.
Das ganze Jahr 1969 über war mir aufgefallen, dass fast alle Künstler deiner Plattenfirma in dieser Sendung schlecht abschnitten. Nachdem ich diese Beobachtung dir und deinem Manager Werner nach einer Bühnenveranstaltung in Düsseldorf mitgeteilt und euch auch am 12. September in einem elf Seiten langen Brief erläutert hatte, habt ihr mich gebeten zu versuchen, Beweise für eine eventuelle Manipulation der Rankingliste zu finden.
Ich fuhr nach Hilden und besprach die Sache mit Lothar, der deinen ersten Hauptfanclub leitet.
‚Ich informiere alle Clubs, wenn die neue Platte Helicopter U.S. Navy 66 vorgestellt wird‘, war seine spontane Reaktion.

Das geschah dann auch im Oktober, allerdings mit niederschmetterndem Ergebnis. Obwohl der Titel in den meisten Rundfunkanstalten ein Renner war und sich die Platte gut verkaufte, platzierte er sich bei Radio Luxemburg nur einmal auf Rang acht und schied eine Woche später aus, war nicht einmal unter den ersten zwanzig. So etwas hatte es noch nie mit einem Titel von dir gegeben.

Am 27. Oktober verfasste ich ein Sonderrundschreiben an alle Manuela-Clubs, das Lothar sogleich abschickte.

Hier ein Auszug: ‚Hallo, liebe Clubfreunde! ...Wir sind davon überzeugt, da Manuela ca. 300 Clubs hat, dass das nicht mit rechten Dingen zugegangen ist. Manuela muss nun den Eindruck bekommen haben, dass wir alle sie bzgl. Hitparaden nicht unterstützt haben. Hinsichtlich der Hitparade von Radio Luxemburg möchten wir nun den verantwortlichen Herren von Radio Luxemburg persönlich den Beweis erbringen, dass die abgeschickten Stimmkarten für Helicopter ... nicht alle gezählt worden sind. ... bitten wir Euch, die beiliegenden Postkarten (ohne Briefmarke) folgendermaßen auszufüllen: ... Ich habe mich an der Hitparade von Radio Luxemburg beteiligt und für den 19.10.1969 eine Stimmkarte für Helicopter U.S. Navy 66 (Manuela) abgeschickt. ... Jede Person darf selbstverständlich nur eine dieser Beweiskarten ausfüllen ... Die ausgefüllten Postkarten schickt dann bitte bis spätestens Mittwoch, den 5. November 1969 an den Hauptclub ...'

Bis zum Termin trudelte eine Vielzahl von Beweiskarten in Hilden ein, die Lothar und ich dir schickten.

Parallel dazu heckte ich einen Plan aus, von dem ich niemandem erzählte. Ich sandte am 10. November an die Redaktion des Nachrichtenmagazins Stern ein Beschwerdeschreiben, in dem ich mitteilte, dass ich das Heft nicht mehr kaufen und lesen werde, weil es eine gefälschte Hitparadenliste, die von Radio Luxemburg, jede Woche abdruckte.

Das Blatt reagierte so, wie ich es erhofft hatte. Schon am nächsten Tag teilte mir der zuständige Redakteur mit, dass er meine Beschwerde an den Chef von Radio Luxemburg weitergeleitet habe und auf eine Stellungnahme warte.

Genau einen Monat später erhielt ich Post von Herrn Stollte, dem Chef der Deutschen Programmdirektion des Radio-Luxemburg-

Senders. Es gehe alles mit rechten Dingen zu, es habe in der besagten Sendung zwar einen Additionsfehler bei der Berechnung der Prozentzahlen gegeben, der jedoch keinen Einfluss auf das Endergebnis gehabt habe. Er wolle die Sendung dennoch überprüfen lassen.

Im Dezember schrieb ich Herrn Stollte noch zweimal und bekam auch postwendend Antwort. Die Original-Briefe habe ich aufgehoben. Sein Tenor war: ‚Es werden wirklich alle für die Hitparade eingehenden Stimmkarten gewertet ... Die Auswahl der Neuvorstellungen treffen alle Sprecher gemeinsam. Am Ende eines Halbjahres wird die Reihenfolge der Titel, soweit es die Hörerstimmen anbetrifft, ermittelt und dann eine Jury, zusammengestellt aus ca. 20 Musikfachjournalisten, nach ihrer Meinung gefragt. Die Jury hat einen Einfluss von ca. 1/3 der Bewertung ...' Der Korrespondenzton war überaus freundlich, wurde aber von meiner Seite aus von Mal zu Mal schärfer.

Was ich nicht ahnen konnte, war, dass du eine Sender-Promotion-Tour nach Radio Luxemburg plantest und gleichzeitig über Herrn Stollte von meinem Schreiben an das Magazin erfahren hast.

Im Dezember schriebst du mir, dass du und dein Manager sowie der Senderbetreuer der Plattenfirma, der wegen seiner schmächtigen Figur den Spitznamen Tiny (der Schmächtige) trug, am 2. Januar 1970 beim Sender seien, um die neue Single ‚Wenn du liebst' vorzustellen. ‚Du musst unbedingt hinkommen. Wir brauchen Dich!', schriebst du, dick unterstrichen. Diesen Gefallen tat ich dir gern, konnte ich doch so für ein paar Stunden mit dir zusammen sein.

Einen Tag nach Neujahr saß ich schon früh morgens im Zug von Düsseldorf über Koblenz und Trier nach Radio Luxemburg. Draußen war es eisig kalt. Es lag aber kein Schnee an der flachen Bahnstrecke längs Rhein und Mosel. Erst im hügeligen Luxemburg war alles weiß. Punkt zwölf traf ich dich, Werner, Tiny und Lothar im Hotel in der Nähe des Senders.

Während der Fahrt hatte ich mir überlegt, dass es möglicherweise gewagt sei, wenn du dich über die Hitparade beschwertest. Dann würde der Privatsender vielleicht keine Musik mehr von dir spielen. Und das wäre fatal, weil Radio Luxemburg damals der einflussreichste Sender für Pop- und Schlagermusik im deutschsprachigen Raum war.

Nachdem ich mit dir in einem Lokal eine Tasse Kaffee getrunken und etwas gegessen hatte, machten wir fünf uns auf den Fußweg zum Sender. Tiny, Lothar und Werner liefen vorweg. Die Straße war glitschig vom Schnee. Du trugst deinen Gepard-Mantel mit passendem Hut.

Ich unterhielt mich mit dir, eingehakt Arm in Arm, um nicht auszurutschen. Bei dieser Gelegenheit gestandst du mir, dass du gern mit mir zusammen seist, aber wegen meiner höheren Schulbildung Minderwertigkeitskomplexe gegenüber mir hättest. Ich traute mich nicht, dir zu gestehen, dass ich drauf und dran war, mich in dich zu verlieben. 23 Jahre war ich, du 26. Du ein von Millionen umjubelter Star, ich ein kleiner Student. Deine Attraktivität war fast nicht zum Aushalten, grenzte an Körperverletzung.

An dieser Stelle legte Manuela eine Lesepause ein.

Dachte ich mir doch, dass der sich nicht nur für meine Musik interessiert, ging es ihr durch den Kopf. Na ja, da ist er sicher nicht der Einzige. Lieb geschrieben! Aber Körperverletzung? Sehe ich wirklich so toll aus?

Manuela errötete und las nach einer Weile weiter.

‚*Du bist Mathematik-Student. Da kann ich nicht mithalten*‘, *höre ich dich heute noch sagen.*

‚*Und ich könnte nicht vor Publikum auf der Bühne steh'n und singen.*‘

Du kichertest und sahst mich an. ‚*Aber ich habe einen Fehler in deinem langen Brief an mich gefunden. Du hast placieren mit tz geschrieben.*‘

Du hattest recht.

Als wir schließlich auf die anstehende Beschwerde beim Chef des Radiosenders zu sprechen kamen, teiltest du meine Bedenken, ließt aber Werner entscheiden. Und der sagte: ‚*Wir wollen es doch alle schön haben. Wir hauen auf den Putz!*‘

Das Rundfunkgebäude befand sich in einem Park, gesichert wie eine Festung. Dort angekommen, verabredeten wir, dass Lothar und ich während der Livesendung vor dem Sendestudio warteten und anschließend mit dir und Werner den Chef besuchen würden.

Während der Sendung sah ich mich im Vorraum um, Lothar begutachtete das Gebäude. Das Zimmer war karg eingerichtet, Regalwände mit Aktenordnern, Tonbandmaschinen, Plattenspielern, Fernsehgeräten und Lautsprechern, in der Mitte ein großer Tisch mit ein paar Stühlen. Auf dem Tisch lagen neben allerlei Gerümpel Schallplatten, Tonbänder und ein Stapel Postkarten. Ich hatte den Verdacht, dass die Karten absichtlich für mich hingelegt worden waren; es waren nämlich die für die Hitparade am 19. Oktober, zweieinhalb Monate zuvor. Ich nahm sie in die Hand und sortierte die für Manuela aus. Das dauerte eine Weile. Dann zählte ich. Nur ein paar Stück für Helicopter. Es hätten aber viel, viel mehr sein müssen. Meine eigene Karte und die der Clubmitglieder fehlten. Kein Wunder, dass du nicht unter den ersten zwanzig platziert warst.

Plötzlich spürte ich jemanden hinter mir. Ich drehte mich ruckartig um, wie ein ertappter Dieb. Frank Elstner, Camillos Nachfolger: ‚Sie wollen sicher gleich im Studio singen', sprach er mich freundlich an und reichte mir die Hand. ‚Wie war noch ihr Name?'

‚Kuhrig. Joachim Kuhrig.'

Der Moderator erblasste, zog seine Hand zurück und stotterte: ‚Was ist mit meiner Hitparade nicht in Ordnung?'

Er wusste also Bescheid, wusste, wer ich war, warum ich mich im Hause befand.

Meine kecke Antwort: ‚Bei der Hitparade werden nicht alle Zuhörerkarten gezählt.'

Er errötete, drehte sich auf dem Absatz um und verschwand drei Türen weiter in einen Raum. Feiger Hund, dachte ich.

In diesem Moment kam Werner aus dem Senderaum; du gabst noch dein Interview. Er hatte ein paar Musterplatten der neuen Single in der Hand und gab mir eine für meine Sammlung. ‚Wir wollen es doch alle schön haben', rief Werner wieder und schaltete einen der Plattenspieler ein, sodass ich ‚Wenn du liebst' zum ersten Mal hören konnte. Eine Schnulze. Dennoch ist dieses Lied der betörenden Stimme wegen heute noch mein Lieblingstitel von dir.

Werner sah mich mit einem verlegenen Gesichtsausdruck an und nuschelte: ‚Wir dürfen dem Stollte gleich keine Manipulation vorwerfen.'

‚Und warum bin ich dann heute hier?'

‚Betrachte es als einen schönen Ausflug mit Manuela.'
Ich schüttelte den Kopf. ‚Ich werde mich beschweren und ihr sagt dazu am besten nichts.'
Werner zuckte mit den Achseln und nuschelte kleinlaut: ‚Du bist gar nicht angemeldet. Manuela, Tiny und ich gehen erst rein. Dann rufen wir dich.'
Ich war wie vor den Kopf gestoßen.
Nachdem die drei etwa zehn Minuten bei Stollte waren, erschienst du im Flur, um mich zu holen. Tiny, der mit dir aus dem Chefzimmer gekommen war, verabschiedete sich und machte sich schon auf den Weg zurück ins Hotel. Du standst neben mir, zündetest dir eine Zigarette an und zupftest nervös deine Kleidung zurecht. Den Mantel hattest du bei Stollte und Werner liegenlassen. Während du rauchtest, sahst du mich ein paar Mal an, lächeltest verlegen, sagtest aber nichts außer: ‚Wenn das mal gut geht!'

Lothar war inzwischen wieder aufgetaucht. Du nahmst uns beide mit ins Chefzimmer.

Von hier aus wurde also der berühmte Sender gemanagt. Ein großer Raum mit heller künstlicher Beleuchtung, dichten Gardinen vor großen Fenstern, dahinter die Umrisse von wuchtigen Baumkronen im Park zu erkennen. Bis auf die Fensterseite gegenüber der Eingangstür waren alle Wände mit Regalen aus Teakholz zugestellt, vom Boden bis zur Decke. Die Regale wiesen keine Lücken auf, alles voll mit Büchern und Aktenordnern. Links von der Mitte des Raums stand ein massiver runder Tisch, umgeben von vier schweren schwarzen Ledersesseln.

Stollte, ein Mann von vielleicht fünfzig Jahren, grauer Anzug, silberne Krawatte und leicht ergrautem Haar, hieß mich im Sitzen willkommen. Vor ihm auf dem Schreibtisch, rechts vom Eingang, befanden sich ein Telefon, ein Diktiergerät und jede Menge Schreibkram. In seinen Händen hielt er einen Postkartenstapel, den ich kannte, die Beweiskarten der Clubmitglieder. Er bedeutete mir, dass er nicht viel Zeit habe. Ich sollte gleich auf den Punkt kommen.

Das ärgerte mich, weil ich einen ganzen Tag dafür geopfert hatte, mit ihm sprechen zu können. Um ihm zu zeigen, dass ich es nicht eilig hatte, wurde ich kess, zog erst umständlich meinen Wintermantel aus und *hängte ihn an einen Haken an der Wand. Dann fragte ich ihn, ob ich mich setzen dürfte. Er nickte.*

Das Gespräch dauerte etwa eine halbe Stunde. Du, Werner und Lothar hattet euch auf Sesseln, schräg hinter mir, gemütlich gemacht und hieltet eure Mäntel auf dem Schoß, als wenn ihr auf dem Sprung nach draußen wärt. Ihr hörtet zu, ohne euch einzumischen. Ihr drei hattet rote Backen, wart sichtlich nervös.

Stollte behauptete, alle ungültigen Karten seien entfernt worden, Karten, denen man angesehen hätte, dass sie nur der Manipulation dienten. Mein Argument, dass meine eigene Karte und die meiner Bekannten nicht anerkannt wurden, obwohl sie in Ordnung waren, ließ er nicht gelten.

‚Dann sind die Manuela-Karten auf dem Postweg verloren gegangen oder zu spät eingetroffen', versuchte er, mich zu beruhigen.

‚Dann schicken die Fans in Zukunft die Karten per Einschreiben.'

Jetzt wurde er albern, reagierte wie ein trotziges Kind: ‚Die werten wir dann nicht. Einschreiben gilt nicht!' Dabei klopfte er mit einem Kugelschreiber auf den Tisch.

Schließlich wurde ich mutig: ‚Ich habe den Verdacht, dass nur die Karten gezählt werden, die zu einem Ergebnis führen, das dem Sender und vor allem seinen Werbepartnern genehm ist. Manuela hat wohl erst dann wieder eine Chance, wenn es heißt: Manuelas Plattenfirma präsentiert die Hitparade von Radio Luxemburg.'

Stollte biss sich auf die Lippen und sagte nichts mehr. Ich konnte spüren, dass wir alle nun aufgeregt waren. Der Chef von Radio Luxemburg blickte auf die Uhr, Werner nickte mir zu. Es war Zeit zu gehen.

Wir verabschiedeten uns höflich und verließen das Sendegelände, ohne zu sprechen. Im Freien atmeten wir gierig die kalte Winterluft ein. Du hast mich gebeten, noch zum Abendessen in deinem Hotelzimmer zu bleiben. Das war für mich eine große Freude.

Ein paar Stunden später flogen du und Werner vom Flughafen zurück nach Berlin, Lothar nach Düsseldorf, Tiny nach Hamburg, und ich fuhr wieder mit dem Zug nach Hause.

Einige Wochen danach gab es einen Wechsel in der Führung des Radio-Luxemburg-Senders. Camillos Hitparaden-Nachfolgemoderator

Frank Elstner war nun der Chef der Deutschen Programmdirektion. Stollte hatte sich zuvor mit einer Pistole erschossen. Es stand in allen Zeitungen. Deine Schallplatten wurden im Sender im Vergleich zu früher nur noch selten aufgelegt. In der Hitparade von Radio Luxemburg spielten sie kaum noch eine Rolle. Einige Neuerscheinungen wurden erst gar nicht mehr vorgestellt. Die ganze Sache war mehr als ein Schuss in den Ofen, hast du kürzlich mal gesagt ...

Manuela legte den Brief zur Seite und dachte über das Gelesene nach. Das hilft mir in der jetzigen Situation leider auch nicht weiter, grübelte sie. Radio Luxemburg ist ein ausländischer Privatsender. Der kann machen, was er will. Auch seine *Hitparade* könnte er manipulieren, was allerdings nicht erwiesen ist. Selbst wenn die Platzierungen meiner Titel falsch wären, müsste nicht unbedingt der Moderator der Sendung daran schuld sein. Sollte eine Manipulation von Seiten des Senders vorliegen, wäre das lediglich den Hörern gegenüber unredlich. Meine jetzige Situation beim ZDF ist eine ganz andere. Das ZDF ist eine öffentlich-rechtliche Anstalt, kein Privatsender. Die gebührenpflichtigen Fernsehzuschauer bezahlen die Mitarbeiter, somit auch Dieter Weber. Wenn er sich aus seiner Stellung heraus durch Erpressung private finanzielle Vorteile verschafft, ist das kriminell. Das müsste rechtliche Konsequenzen haben. Mache ich mich nicht strafbar, wenn ich zahle? Was soll ich nur machen?

3

Vereinbarung

Am nächsten Tag rief Dieter an. Am Apparat war Werner. Er, der Redakteur, müsse bald entscheiden, wer in der *Starparade* am 18. November 1971 in der Saarlandhalle auftreten solle. Die Zeit drängte, weil noch viele Vorbereitungen getroffen werden müssten.

Werner in unterkühltem Ton: „Kommt nun Manuela in die Sendung, ja oder nein?"

Dieter schnippisch: „Das hängt von euch ab. Ihr kennt die Bedingungen."

„Wir wissen nur, dass Manuelas Karriere in Gefahr ist, wenn wir nicht zustimmen."

„So ist es. Und ich meine es ernst. Ich brauche das Geld, ich wohne zur Zeit zur Untermiete und bin völlig pleite. Ihr müsst mir helfen."

„Wie ist es mit einer Aufstockung der Gage? Du hattest so etwas beim letzten Mal angedeutet."

Stille. Werner dachte schon, das Gespräch sei beendet.

Dieter schließlich: „Darüber habe ich nachgedacht und mir ist eine Idee gekommen. Aber ... Das ist nicht so einfach, ich kann es nicht allein entscheiden, werde mich aber in der Finanzabteilung des Senders dafür einsetzen. Der Programmdirektor hat dann das letzte Wort."

„Wie viel?"

„Vielleicht achttausend. Aber ..."

„Das hört sich gut an. Bisher gab es nur zweitausend."

„Aber! Die Sache hat mehrere Haken. Manuela müsste ein oder zwei Lieder singen und einen längeren Showteil einbauen."

„Das ist doch prima."

„Sie müsste auch die Kosten für die Kostüme und die Playbacks aus eigener Tasche bezahlen. Das ist so meine Idee. Das könnte ich eventuell durchsetzen."

Werner schluckte. „Manuela ist zwar nicht einverstanden mit den zweitausend Mark für dich, hat mir aber freie Hand gelassen, die Sache zu verhandeln."

Dieter in fast fröhlichem Ton: „Wir hören bald wieder voneinander, wenn ich alles vorbereitet habe."

Manuela, die die ganze Zeit am Raumlautsprecher zugehört hatte, schüttelte verärgert den Kopf, sagte nichts, sondern verließ das Arbeitszimmer ihres Managers und knallte die Tür zu.

Wochenlang hörten Manuela und Werner nichts von Dieter. Zwei Tage vor ihrem Abflug nach Los Angeles klingelte das Telefon, als Manuela nicht zu Hause war. Werner, der in seinem Arbeitszimmer am Schreibtisch saß und Musikzeitschriften studierte, nahm den Hörer ab, und ehe er etwas sagen konnte, legte Dieter gleich los: „Ich habe einen Plan für Manuelas Auftritt in Saarbrücken. Sie könnte vier Industrietitel singen, drei davon in einem Showblock."

„Erst mal Guten Tag! So viel Zeit muss sein. – Du meinst mit Industrietiteln Aufnahmen, die die Plattenfirma finanziert."

„Richtig. Die Kosten der fertig produzierten Musikstücke deklariere ich bei der Bewerbung beim Sender als selbst finanziert. Außerdem werde ich angeben, dass Manuela die Reisespesen und die Kostüme bezahlt."

„Ist das alles, oder kommt noch etwas hinzu?"

„Nein. Die Proben mit dem Fernsehballett sind für Manuela kostenlos."

„Wie hoch ist die Gage?"

„Mit dem gemachten Vorschlag werde ich beim Programmdirektor achttausend Mark durchsetzen. Das sind zweitausend mehr als die bisherige Höchstgrenze. Ich darf selbst nicht entscheiden, ob die überschritten werden kann." Werner wollte nun noch Einzelheiten über den geplanten Ablauf wissen.

Dieter schlug vor, dass er am 21. Oktober in Luxemburg von Manuela die zweitausend Mark überreicht bekäme. An diesem Tag hätte sie einen Auftritt beim *Grand Prix International* und er wäre als Jury-Mitglied bei der Auswahl der besten Kompositionen der vorgetragenen Grand-Prix-Schlager dabei. Bis dahin bräuchte er von Manuela detaillierte Vorschläge für die vier Gesangstitel in Saarbrücken. Kurze Zeit später müsste der Auftritt mit dem Ballett geprobt werden. Außerdem sollte es noch ein persönliches Gespräch mit Manuela, dem Choreograf, der Kostümbildnerin sowie ihm und dem Fernsehregisseur geben. Dabei dürfte natürlich nicht über seine zweitausend Mark gesprochen werden.

Nachdem Manuela am Abend nach dem Telefonat von ihrem Einkaufsbummel nach Hause gekommen war, sie hatte sich unter anderem ein paar Hotpants für die anstehende USA-Reise und ein Minikleid im Matrosenlook für die nächsten Fernsehauftritte gekauft, teilte ihr Werner den Inhalt des Gesprächs mit. Er verschwieg ihr allerdings, dass Dieter dem TV-Sender gegenüber vorgaukeln wolle, dass sie die Produktion der vier Titel selbst bezahlen würde, damit die Erhöhung der Gage gerechtfertigt wäre.

Das sollte sie erst Jahre später erfahren.

Vor dem Flug über den großen Teich regelte Manuela noch mit ihrem Bruder Klaus, auf was er alles im Haus achten sollte während ihrer Amerika-Reise: Haus, Tiere und Garten. Die beiden Ponys mussten versorgt werden, ebenso Bobby und der Papagei Coco in seinem Käfig im Wohnzimmer. Er war ein häuslicher Mensch und verstand es ausgezeichnet, auf das Anwesen seiner Schwester aufzupassen. Als sie in den Sechzigerjahren noch in Bayern gewohnt hatte, hat er sich oft während Manuelas Abwesenheit um ihre Penthaus-Wohnung in München und später den Bungalow mit Garten in Dießen am Ammersee gekümmert.

Die folgenden Wochen verbrachten Manuela und ihr Manager in Kalifornien, wo Rundfunk- und Fernsehtermine auf sie warteten. Während dieser Zeit wohnten sie im Dunes-Hotel in Las Vegas. Dort traf Manuela einflussreiche Leute, die ihr helfen wollten, als Künstlerin in den USA Fuß zu fassen, zum Beispiel den Künstleragenten Kurt Frings, der zum Beispiel Audrey Hepburn und Elisabeth Taylor betreute.

An einem Abend aßen sie im Restaurant des Hotels und machten sich über den Auftritt in der *Starparade* Gedanken. Welche Lieder passten in die Fernsehsendung? Drei englisch gesungene Titel im Show-Block und eine neue deutsche Aufnahme? Dann kämen vielleicht drei Titel von ihrer neuen LP *Songs Of Love* infrage. Beim letzten Amerika-Aufenthalt hatte Manuela hierfür dreizehn englisch gesungene Titel in Nashville, Tennessee, aufgenommen. Außerdem wäre *Prost Onkel Albert* geeignet, das sie in Luxemburg zum ersten Mal singen würde und auch für die *ZDF-Hitparade* in Berlin vorgesehen war.

„Ich würde gern *I Hear Those Church Bells Ringing* vortragen, weil ich gut dazu tanzen könnte. Was würdest du sonst noch vorschlagen, Werner?"

„*Listen To Your Heart*. Das könnte zusammen mit *Church Bells* auf eine Single. Den dritten englischen Titel musst du selbst aussuchen."

Nach langem Hin und Her einigten sie sich auf *Put Your Hands In The Hand*. Der sei besonders gut für den gemeinsamen Tanz mit dem Fernsehballett geeignet, meinte Manuela.

Die Aufnahme gäbe es aber noch nicht von ihr, gab Werner zu bedenken. Sie müsste von ihnen produziert werden und würde somit eigenes Geld kosten. Auch eine fernsehtaugliche Synchronisation aller Songs müsste noch im Tonstudio hergestellt und von Manuela bezahlt werden.

Anfang Oktober waren Manuela und ihr Manager wieder zu Hause in Berlin und stürzten sich nach einem Tag Erholung auf die anstehende Arbeit: Versenden von Tonbandkopien der beiden Songs *Church Bells* und *Listen* an Dieter zum Anhören, Aufnahmen von *Prost Onkel Albert* und B-Seite für die Plattenfirma in Hamburg sowie Einspielen einer Demoversion von *Put Your Hands* in einem Berliner Tonstudio.

Dann kam der 19. Oktober. Manuela und Werner machten sich mit ihrem Auto auf den Weg zum Flughafen Tempelhof, von wo sie nach Luxemburg zum *Grand-Prix*-Auftritt fliegen mussten. Werner hatte Manuela zuvor erzählt, dass er im Flughafengebäude seinen Bruder Günter noch treffen würde. Er sagte ihr allerdings nicht, dass dieser ihm dort zweitausend Mark in bar leihen wollte.

Wie Manuela erst später erfahren sollte, hat Werner in einem unbeobachteten Augenblick die beiden Tausender entgegengenommen und sie blitzschnell in die Hosentasche gesteckt. Die Scheine waren für den Fernsehredakteur bestimmt, der in Luxemburg auf das Geld wartete.

Warum verschwieg Werner Manuela gegenüber die Vereinbarung mit Günter? War nicht genügend Geld auf Manuelas Konto? Das konnte eigentlich nicht sein. Das hätte sie sehr gewundert, trotz der großen Investitionen in den letzten drei Jahren: das Haus in Berlin, die Karriere in Amerika. Aber so war sie nun mal. Sie verließ sich in geschäftlichen und finanziellen Dingen blind auf Werner, kümmerte sich stattdessen ausschließlich um ihre Musik.

In Luxemburg angekommen, fuhren sie vom Flughafen mit dem Taxi zum reservierten Hotel, das in der Nähe des Theaters lag, wo Manuela zwei Tage später auftreten sollte. Nachdem sie sich in ihren Zimmern frisch gemacht hatten, begaben sie sich ins Theater, wo kurze Zeit später die erste Besprechung für den Ablauf der Veranstaltung stattfand.

Am nächsten Tag wurde geprobt, am 21. Oktober war dann die Generalprobe und abends schließlich Manuelas Auftritt im Matrosenkleid. Obwohl ihre Darbietung beim

Publikum gut ankam, erhielten der Komponist und Texter des Liedes von der Jury keinen ersten Preis. Die komplette Aufführung wurde im deutschen Fernsehen übertragen. Für den Verkauf von Manuelas neuer Platte war es eine großartige Werbung. Der Flug nach Luxemburg hatte sich gelohnt.

Kurz vor Beginn der Veranstaltung hatte Werner seinem Schützling im Foyer des Theaters erklärt, dass er inzwischen mit Dieter vereinbart habe, im Laufe des Abends das Geld in der angrenzenden Herrentoilette an ihn zu überreichen. Manuela ging davon aus, dass das Geld von ihrem Konto stammte, auf das ihr Manager Zugriff hatte.

Da sie natürlich nicht mit in die Toilette gehen konnte, wurde sie kein Augenzeuge der Geldübergabe. Dass Dieter die zweitausend Mark erhalten hatte, erfuhr sie am Ende der Veranstaltung, als der sich persönlich bei ihr bedankte: „Danke, Manuela, ich brauche das Geld dringend! Du bekommst dafür einen Superauftritt in der *Starparade*."

Manuela blickte verärgert zu Boden, sagte nichts und verließ langsamen Schrittes die Eingangshalle.

Nachts im Hotel bat Manuela Werner in ihr Zimmer und wollte bei einem Gläschen Sekt wissen, was sich in der Toilette abgespielt hatte. „Nun erzähl endlich!"

„Ich hatte das Geld in meiner Hosentasche. Zwei Tausender."

Manuela ungeduldig: „Weiter! Und dann ..."

Werner kleinlaut: „Dieter kam, wie vereinbart. Ich drückte ihm die beiden Scheine in die Hand und sagte ihm, es sei das erste und letzte Mal."

„Mehr nicht?"

„Er klopfte mir auf die Schulter und sagte ‚Danke! Wir sehen uns.' Dann ging er Richtung Ausgangstür. Zum Gruß hob er den linken Arm."

Manuela verwundert: „Das war alles?"

Werner überlegte. „Ich dachte noch, mit zwei Riesen könnte man im Kasino eine Menge Geld gewinnen."

Manuela kopfschüttelnd: „Das musste ja kommen." Sie ahnte schon lange, dass ihr Manager spielsüchtig war. Das Geld muss er Dieter doch gegeben haben, dachte sie. Sonst hätte der sich doch nicht bei ihr dafür bedankt, oder?
Werner sah, dass sein Schützling grübelte. „Schwamm drüber! Wir müssen nach vorne sehen, an die beiden nächsten Aufgaben denken: *Starparade* und *ZDF-Hitparade*.
Manuela nickte und lächelte. „Du hast recht. Lass uns auf die Zimmer gehen. Morgen Vormittag fliegen wir zurück nach Hause."
Drei Tage später, sie waren längst wieder zu Hause, klingelte das Telefon am frühen Morgen. Manuela, noch gar nicht richtig wach, saß am Frühstückstisch und nahm den Hörer ab. Dieter.
„Was willst du denn so früh? Werner ist nicht da", gähnte sie ihn an.
„Gute Nachricht. Ich hab's geschafft. Der Programmdirektor hat die achttausend Mark Gage auf meinen Vorschlag hin für dich genehmigt. Ausnahmsweise, wie er schreibt."
„Na, davon bin ich ja wohl ausgegangen, bei all den merkwürdigen Bedingungen, die du gestellt hast."
„Um den 1. November herum kommen wir dich, wenn es dir recht ist, besuchen, um die Einzelheiten für deinen Auftritt in der *Starparade* durchzusprechen. Ich bringe den Regisseur, den Choreografen und die Kostümbildnerin mit. Einverstanden?"
Manuela jetzt ganz wach: „Brauchen wir bis dahin die Klavierstimme zu *Put Your Hand*? Das wird nämlich knapp."
„Unbedingt. Das schafft ihr schon. Ich versuche so schnell wie möglich, den Choreografen und das Ballett zu unterrichten. Bis dann! Grüß Werner!"
Eine Woche später trudelte der angesagte Besuch zum Geschäftstermin am Nachmittag ein. Um vier kam Dieter als Erster, eine viertel Stunde später die Kostümbildnerin als Letzte. Nachdem alle um den Wohnzimmertisch herum Platz genommen hatten, begab sich Manuela in die Küche,

um den vorbereiteten Kaffee und Kuchen zu holen. Währendessen legte Werner ein Studio-Tonband in die Tonband-Maschine, um den ersten Titel für Manuelas Auftritt vorzuspielen. Im Laufe der Besprechung, in der unter anderem der Zeitrahmen für die Proben mit dem Ballett festgelegt wurde, folgten die übrigen drei Lieder. Manuela bekam nicht alle Kommentare des Besuchs zu den Songs mit, weil sie sich immer mal wieder auf den Weg in die Küche machte, um Nachschub zu holen. Sie hatte aber den Eindruck, dass alle zufrieden waren.

Zwei Tage vor dem großen Auftritt in der Saarlandhalle machte Manuela sich zusammen mit ihrem Manager auf den Weg nach Saarbrücken, die Bühnengarderobe und die vorproduzierten Musiktitel im Gepäck. Am Folgetag wurde geprobt. Alles klappte wunderbar, vor allem der Auftritt in der Abendveranstaltung, die wie immer live im Fernsehen übertragen wurde. Manuela sang in ihrem Showblock die drei ausgesuchten englischen Titel. Dazu tanzte sie in einem enganliegenden schwarzen Anzug zusammen mit dem Fernsehballett. Später folgte ein lustiges Interview mit dem Showmaster Rainer Holbe in einer Sitzecke, in der auch die anderen Künstler der Sendung Platz genommen hatten. Mit dabei waren unter anderem Roy Black und Anita. Anschließend sang sie ihren neuen deutschen Titel *Prost Onkel Albert* mit geändertem Text, abgestimmt auf die fröhliche Atmosphäre in der Musikveranstaltung. Hierbei wurden Rainer Holbe und der Orchesterleiter James Last ein wenig verulkt.

Da auch bei der *ZDF-Hitparade* am Vortage Proben angesagt waren, und die Veranstaltung bereits zwei Tage später in Berlin stattfinden sollte, musste sich Manuela beeilen, möglichst schnell von Saarbrücken abzureisen. Trotz der Zeitnot klappte alles wie am Schnürchen. Manuela konnte sich mit ihrem neuen Lied, das sie diesmal im Originaltext sang, sogar platzieren. Die Fernsehzuschauer wählten sie per Postkartenabstimmung auf Platz fünf. Manuela durfte, gemäß dem Modus der *ZDF-Hitparade*, wie die Künstler, die die Plätze

eins bis vier belegten, einen Monat später wieder diesen Song in der Sendung vorstellen. In den vorangegangenen Jahren war sie auch schon mal Erste und Zweite.
Hatte es sich gelohnt, das Erpressungsgeld zu bezahlen?, grübelte sie manchmal nachts, wenn sie nicht schlafen konnte. Bis jetzt konnte sie keine Benachteiligung in Bezug auf Fernsehauftritte feststellen. Hatte Dieter nur geblufft, damit sie zahlte? Wäre alles auch weiter so gelaufen, wenn sie nicht gezahlt hätte? Aber eines hatte sie sich fest vorgenommen: Er sollte ja nicht kommen und noch einmal Geld von ihr verlangen! Sie würde ihm keins mehr geben.

4

Geldregen

Geschichte wiederholt sich nicht, hatte Manuela vor langer Zeit in der Schule gelernt. Dieser Satz ihres Lehrers fiel ihr ein, als sie ein paar Tage später zur Ruhe kam und über ihre letzten drei Fernsehauftritte nachdachte, in ihrem Kugelsessel im Wohnzimmer, Bobby neben ihr in seinem Körbchen. Ob diese „Weisheit" jetzt auf sie zutreffen würde? Oder hatte sie in der Schule etwas falsch verstanden? Würde Dieter sie jetzt in Ruhe lassen oder irgendwann als Wiederholungstäter eine neue Erpressung starten? Nein, das könnte er sicher nicht wagen! Oder doch? Sie schlug sich diesen unangenehmen Gedanken aus dem Kopf und versuchte, optimistisch in die Zukunft zu blicken. Dazu gehörte auch, Dieter nicht aus dem Weg zu gehen, wenn es sich um künftige Fernsehauftritte handelte. Diese waren eine notwendige Bedingung für die Fortsetzung ihrer bisher so erfolgreichen Gesangskarriere in Deutschland.

Weil Manuela sich mit *Prost Onkel Albert* in der *ZDF-Hitparade* für einen zweiten Auftritt im Dezember qualifiziert hatte, kam es nach der Sendung am Abend zum gewohnten Treffen mit den Fernsehleuten in ihrer Wohnung. Dieter als Redakteur der Fernsehshow war wie immer dabei. Bei dieser feuchtfröhlichen Zusammenkunft versicherte Dieter Werner, ohne dass es die anderen mitbekamen, dass Manuela in jedem Fall ihre nächste Platte am 15. April 1972 vorstellen dürfte, wenn sie sich mit *Albert* nicht noch einmal platzieren sollte. Das klang beruhigend und ließ auch Werner die Erpressung vom letzten Herbst fast vergessen.

Prost Onkel Albert kam nach Manuelas Auftritt im Dezember nicht unter die ersten Fünf, was sie nachdenklich stimmte. Es waren doch nur vierzehn Titel zur Wahl gestellt worden. Ließ ihre Erfolgssträhne langsam nach? War sie beim Publikum nicht mehr so beliebt wie noch ein Jahr zuvor, als sie die deutsche Coverversion von Danas *Grand-Prix-Siegertitel All Kinds Of Everything* dreimal in der ZDF-Hitparade singen durfte? Einmal landete sie damit sogar auf Platz eins, als erste Frau, der das bei der übermächtigen männlichen Konkurrenz in dieser Sendung überhaupt gelungen war.

In der November-Sendung hatte sie einen enganliegenden weißen Hosenanzug, einen Monat später ein buntes Minikleid getragen und sah, wie sie später von allen Seiten erfahren sollte, atemberaubend aus. Zum Vortrag des Liedes gehörten Tanzschritte, die sie selbst bei den Proben eingeübt hatte. War den Zuschauern beim Betrachten der Tanzeinlagen etwas aufgefallen, was sie gestört hatte? Hat sie deshalb nicht mehr Stimmen bekommen? Wohl eher nicht. Hätte sie nach den Sendungen die Möglichkeit gehabt, Filmaufnahmen ihrer Auftritte zu studieren, wäre es ihr vielleicht aufgefallen. Aber das ist nicht der Fall gewesen. So war ihr zu diesem Zeitpunkt nicht bewusst, dass sie den Fehler gemacht hatte, nicht immer synchron zum Takt der Musik zu tanzen. Aber es ist anzunehmen, dass nur ausgebildete Tänzer an ihren Tanzschritten etwas Unprofessionelles erkannt hätten, nicht das allgemeine Fernsehpublikum.

Für den 15. April hatte Dieter Manuela zum zehnten Mal zur *ZDF-Hitparade* eingeladen. Sie konnte ihren neusten Titel *Es lebe das Geburtstagskind* vortragen. Nach der Sendung hieß es wieder in Manuelas Haus „Hoch die Tassen!". Es wurde bis in den frühen Morgen gefeiert.

Eine Woche später kam die Ernüchterung. Manuela war nicht unter den ersten Fünf. War der Titel zu schwach? Oder ging die Karriere doch langsam den Bach hinunter?

Vertreter von Manuelas Plattenfirma meldeten sich postwendend telefonisch. Der Plattenverkauf ginge immer weiter zurück, vor allem der der Langsplatten. Einer von Ihnen, der Rundfunkbetreuer Tiny: „Ihr müsst nach Hamburg kommen. Manuelas zweiter Plattenvertrag läuft nach zehn Jahren am 1. Januar 1973 aus. Der Chef will, dass schnellstens verhandelt wird."

Manuela und Werner flogen zur Besprechung in die Hansestadt. Herr Richter, der Chef der Musikabteilung, knallhart: „Wir bringen dieses Jahr noch drei Langspielplatten und eine Single auf den Markt. Dann haben wir unsere Verpflichtungen aus dem laufenden Vertrag erfüllt. Hoffentlich verkaufen sich die Platten besser als die letzten, sonst wäre unsere Vorauszahlung an Manuela zu groß gewesen und es müsste ein Teil zurückgezahlt werden."

„Wie sieht es mit einem neuen Vertrag ab 1973 aus?", unterbrach ihn Manuela.

„Bestenfalls zu den gleichen Konditionen wie in den letzten fünf Jahren, aber ohne Vorauszahlung."

„Wie bitte?", entfuhr es Manuela.

Richter ungerührt: „Das können wir uns nicht mehr leisten. Aber verstehen Sie mich nicht falsch. Wir möchten Sie gern behalten." Er zuckte mit den Achseln. „Ich schicke Ihnen nächste Woche einen Vertragsentwurf zu."

Werner, der sonst immer einen vorlauten Mund hatte, blieb verdächtig still. Das fiel sogar Manuela auf. Sie fragte ihn auf dem Rückflug, warum er nicht um bessere Bedingungen gekämpft habe.

„Manuela, du weißt es noch nicht. Ich habe meine Kontakte nach Ludwigshafen spielen lassen. Dort treffen wir bald ein paar einflussreiche Leute der Chemiefirma *BASF*, die jetzt auch eine Schallplattenabteilung hat. Die wollen ganz groß rauskommen, brauchen dazu bekannte Künstler. Da ist für uns sicher mehr zu holen als bei *Telefunken* in Hamburg."

„Wie viel?"

Er zögerte. Dann sah er Manuela durchdringend an und flüsterte: „Zwei ... Millionen ... Mark."

Sie schüttelte den Kopf und zeigte Werner einen Vogel. „Du spinnst!"

„Nein! Du wirst sehen." Er schmunzelte.

Manuela, die das Gespräch nicht ernst genommen hatte, war ein paar Tage später überrascht, als Günther Ahrendt plötzlich am frühen Nachmittag an ihrem Gartentor klingelte. Sie mochte ihn nicht besonders, weil er eine schnodderige Art zu reden hatte und immer alles besser wusste. Sie hatte sich aber mit ihm arrangiert. Er begleitete sie als ihr Co-Manager in den USA, weil Werner dort überfordert war, nicht einmal Englisch verstand er.

Werner hatte Manuela nicht darüber informiert, dass er Ahrendt beauftragt hatte, bei der Ludwigshafener Plattenfirma zu sondieren. Nun stand dieser mit einer höchst erfreulichen Nachricht vor der Tür. Es sollte sich herausstellen, dass Werner auf dem Rückflug von Hamburg nach Berlin nicht geflunkert hatte. Ahrendt führte nämlich den Entwurf eines höchst lukrativen Schallplatten-Vertrages mit sich.

Nachdem Manuela ihren unerwarteten Gast ins Haus gelassen hatte, bat sie ihn ins Wohnzimmer. Sie bot Ahrendt einen Sessel an und nahm ihm gegenüber auf der Couch Platz. Sie betrachtete ihn und stellte fest, dass er aussah wie immer. Graue Hose, grüner Rollkragenpulli, geputzte Schuhe. Sein Gesicht war sonnengebräunt, und sie wunderte sich, dass er noch nichts gesagt hatte, sie noch nicht, wie üblich, in Grund und Boden geredet hatte.

Ahrend blieb still, sah Manuela nur an und grinste.

„Ich bin überrascht, dich zu sehen. Gibt es was Neues?", fragte sie neugierig und spitzte die Ohren. „Werner wird jeden Moment kommen. Er ist wohl im Bad."

„Die Neuigkeit wird dich umhauen. Aber lass uns noch auf Fey warten."
Ehe Werner kam, sprach Manuela über weniger erfreuliche Nachrichten ihrer alten Plattenfirma.
„Du wirst gleich sehen. Das ist alles Schnee von gestern", sagte schließlich Ahrendt, der geduldig zugehört hatte.
In diesem Moment betrat Werner ungekämmt, mit rotem Bademantel bekleidet, in Latschen das Wohnzimmer, ging freudestrahlend auf den Gast zu und gab ihm die Hand.
„Wie geht es, alter Junge?", rief er in saloppem Tonfall.
„Entschuldige, dass ich noch nicht angezogen bin! Ich wusste nicht, dass du jetzt kommst."
Ahrendt, nicht auf den Mund gefallen: „Macht nichts! Mir geht es sehr gut. Und dir gleich auch, wenn du meine frohe Botschaft hörst." Dabei legte er mit Schwung einen zusammengehefteten Stapel Blätter im DinA4-Format auf den Tisch. Den hatte er zuvor die ganze Zeit krampfhaft mit seiner linken Hand festgehalten.
Werner, der neben dem Besuch Platz genommen hatte, nahm die Papiere in die Hand und begann zu lesen. Es dauerte nur ein paar Sekunden, bis er schrie: „Kindchen, ich hatte recht. Die *BASF* bietet rund zwei Millionen Mark Garantiesumme für drei Jahre."
Ahrendt stolz: „Ich habe mich erkundigt. Wenn dieser Vertrag zustande kommt, ist er der höchst dotierte Schallplattenvertrag aller Zeiten, den je eine Künstlerin oder ein Künstler in Deutschland erhalten hat."
Manuela hielt vor Freude die Hände vors Gesicht, und es ging ihr nur ein Gedanke durch den Kopf: Die glauben weiter an meine erfolgreiche Karriere. Ich hätte nie gedacht, dass ich denen so viel wert bin. Dann stand sie langsam auf und umarmte erst Ahrendt, dann Werner, ohne ein Wort zu sagen. Die Nachricht hatte sie überwältigt.
Einige Zeit später war es so weit. Manuela, Werner und Ahrendt verhandelten in Ludwigshafen alle Einzelheiten des

Vertrages und unterzeichneten ihn. Noch vor Vertragsbeginn am 1. Januar 1973 wurde das Geld auf Manuelas Konto überwiesen. Sie war in diesem Moment so reich wie noch nie. Die bekannteste und größte Boulevard-Zeitung Deutschlands fand die Geschichte so bemerkenswert, dass sie in großen Lettern auf der ersten Seite schrieb: „Ist dieses Mädchen zwei Millionen Mark wert?" Daneben ein Foto von Manuela.

Ihre alte Schallplattenfirma *Telefunken* in der Hansestadt konnte nicht mithalten und war unter diesen Bedingungen nicht bereit, den Künstlervertrag mit Manuela zu verlängern. Sie behielten allerdings die Rechte an den alten Titeln, die sie weiterhin publizieren durften. Mit den 1972 noch bei der alten Firma veröffentlichten Platten konnte Manuela jedoch nicht mehr an ihre alten Erfolge anknüpfen. Fernsehauftritte gab es in der der zweiten Jahreshälfte nur noch wenige, was einerseits daran gelegen haben mag, dass Manuela viele Wochen nicht in Deutschland präsent war, sondern die Zeit in den USA verbrachte, und der Tatsache, dass sich keine der Platten in den deutschen Charts platzierte. Das hatte sie zuvor noch nicht erlebt. Es blieb ihr die Hoffnung auf einen guten Start bei der neuen Plattenfirma.

Von Los Angeles aus versuchte Werner dreimal vergeblich Dieter zu bewegen, Manuela wieder in der *Starparade* und der *ZDF-Hitparade* einen Auftritt zu verschaffen. Die Antworten klangen stets abweisend, so als wenn nur die Plattenfirmen einen Einfluss auf die Kandidatenauswahl hätten.

„Von der *Teldec* kommen keine Vorschläge mehr", sagte er einmal. „Wir müssen auf die *BASF* im Januar warten, wenn Manuela bei denen eine neue Platte veröffentlicht."

„Was ist mit *Gitarren-Boy*, meiner neusten *Teldec*-Single?", wollte Manuela wissen, die das Gespräch mit verfolgte.

Dieter kurz und bündig: „Die passt nicht in die *ZDF-Hitparade*."

Manuela: „Blödsinn! Entschuldige bitte!"

Werner mischte sich ein, um einen Streit zu vermeiden: „Für die *Starparade* haben wir jede Menge Nummern, die wir in Amerika aufgenommen haben. Manuela hat inzwischen Tanzunterricht genommen, sie kann jetzt sogar steppen."

„Okay!" Dieter verstummte für einen Augenblick, um dann ein versöhnliches Angebot zu machen. „Ich komme in vier Wochen nach Berlin. Wir besprechen die Details für Auftritte in beiden Sendungen."

Dieter hielt Wort. An einem Spätherbstabend stand er, wie abgesprochen, an Manuelas Gartentor und klingelte. Manuela empfing ihren Gast diesmal etwas freundlicher als im letzten Jahr. Trotzdem spürte sie eine Beklemmung. Ihr war nicht wohl bei der erneuten Begegnung mit dem Fernsehredakteur, über den sie sich im Vorjahr so aufgeregt hatte. Sie beschlich das unbestimmte Gefühl, dass neues Unheil in der Luft lag. Unsinn!, dachte sie dann. Ich brauche die beiden Auftritte dringend.

5
Forderung

Manuela, Werner und Dieter hatten es sich im Wohnzimmer gerade gemütlich gemacht, als das Telefon klingelte. Am Apparat: Ossi Küppers, ein alter Freund aus dem Showgeschäft. „Hallo, Manuela! Ich habe ein tolles Objekt für dich in Bayern entdeckt."

Manuela, nicht gerade freudestrahlend: „Hallo! Du, Ossi, ich bin im Moment in einer Geschäftsbesprechung. Ich geb dir Werner. Wir reden später."

Wie sie am Abend von ihrem Manager erfahren sollte, hatte Küppers einen Bauernhof im Allgäu entdeckt, der zum Verkauf angeboten wurde. Seit Manuela von der *BASF* zwei Millionen Mark auf ihrem Konto hatte und Werner zweihunderttausend Mark Provision für die Vermittlung des Künstlervertrages bekommen hatte, versuchte er, seinem Schützling den Verkauf des Hauses in Berlin schmackhaft zu machen und sie dazu zu bewegen, in die Voralpen zu ziehen.

Unmittelbar nach dem kurzen Telefonat konzentrierten sich beide auf ihren Gast, der ungeduldig auf der Couch gewartet hatte. Der Fernsehredakteur hatte zuvor mehrmals auf seine Armbanduhr geschaut und den Eindruck erweckt, dass er sich langweilte oder wenig Zeit hatte.

„Was möchtest du trinken?", fragte Manuela ihrem Gast zugewandt, um das Gespräch wieder aufzunehmen.

Dieter hob abwehrend die rechte Hand. Dabei lächelte er. „Heute keinen Alkohol. Ich muss noch Auto fahren. Vielleicht einen Kaffee."

Werner, der sich zuvor schon so etwas gedacht und daher alles vorbereitet hatte, ging in die Küche und kam kurz danach mit Kaffee und Kuchen zurück.

„Reden wir erst mal über die *Starparade* im nächsten März in Wiesbaden", begann Dieter das Verhandlungsgespräch. „Wir sollten ein Lied zu Anfang, einen längeren Showblock in der Mitte und einen Abschiedssong zum Schluss der Sendung planen. Ähnlich wie beim letzten Mal in Saarbrücken. Was habt ihr anzubieten?"

„Zum Auftakt", schlug Werner vor, „wäre es am besten, die Titel der neuen Single bei der *BASF* vorzustellen." Dabei lehnte er sich in seinem Sessel gemütlich zurück und schlug die Beine übereinander.

Manuela, die seitlich neben ihm im anderen Sessel Platz genommen hatte, konnte sehen, dass ihr Manager zwei verschiedenartige Socken trug, einen schwarzen und einen grauen. Männer, dachte sie, verkniff sich jedoch eine Bemerkung, denn sie konnte annehmen, dass ihr Besuch hinter dem Tisch von diesem kleinen Missgeschick nichts bemerkt hatte. Sie überspielte ihre Irritation mit strahlendem Gesicht, indem sie auf Dieters Frage einging und Werners Vorschlag präzisierte. „Für den Showblock könnte ich Ausschnitte des Musicals *No No Nanette* mit dem Fernsehballett einstudieren. Den Stepptanz beherrsche ich jetzt ganz gut. In den USA habe ich wochenlang geübt."

„Eure Vorstellungen gefallen mir ausgezeichnet." Dieter schlug sich auf die Schenkel und strahlte ebenfalls. Er trank einen Schluck Kaffee und probierte ein Stück vom Käsekuchen, den Manuela ihm herübergereicht hatte. „Ich werde in den nächsten Tagen den Kontakt zu Herbert F. Schubert suchen. Der arbeitet mit dem Fernsehballett und könnte den männlichen Part im Musicalausschnitt übernehmen."

Manuela rieb sich die Hände. „Wunderbar!"

Werner brachte das Gespräch nun auf die Konditionen. Er fragte nach der Gage und den eventuellen Eigenleistungen, die beim letzten Auftritt nötig waren.

„Wir sollten es wie in der Saarlandhalle machen", schlug Dieter vor, wurde jedoch sofort von Manuela unterbrochen.

„Na, na, na! Nicht wieder eine Sonderzahlung für dich!" Sie hob drohend den Zeigefinger. Ihr Gesicht hatte sich blitzschnell rot gefärbt. Das Lächeln war verschwunden.

„Nun warte doch mal!", meinte Werner, hob beschwichtigend die Hände über den Kopf und sah dabei seinen Schützling streng an.

„Doch, doch! Manuela hat recht. Wie beim letzten Mal. Ihr bekommt dieses Mal über neuntausend Mark vom Sender. Dreitausend sind dann für mich." Dieter nahm die Kuchengabel wieder in die Hand und bemerkte verlegen: „Ich will nicht vom Thema ablenken, aber euer Kuchen schmeckt vorzüglich."

Für einen Moment herrschte Totenstille. Manuela und Werner sahen sich entsetzt an. Dann starrten sie Dieter an und bombardierten ihn mit Vorwürfen: „Unverschämtheit! Machen wir nicht!"

Dieser blieb gelassen und beharrte darauf, dass es ohne diese Sonderzahlung an ihn keinen Auftritt gebe. Außerdem drohte er mit seinem Einfluss. Der würde so weit reichen, dass Manuela beim *ZDF* überhaupt keinen neuen Auftritt mehr erhielte. Sie sollten ihre Ablehnung überdenken. Dann stand er auf, verabschiedete sich kurz mit „Wir hören voneinander" und verließ wortlos, ohne sich noch einmal umzudrehen, das Anwesen.

Manuela und ihr Manager standen noch eine Weile an der offenen Haustür und sahen in die Richtung, in die der Redakteur verschwunden war. Sie verstanden die Welt nicht mehr und sahen sich schließlich kopfschüttelnd an. Manuela schloss die Tür, da sie wegen der kühlen Herbstluft fröstelte.

Werner kleinlaut: „Wir müssen wohl. Ohne Fernsehen wird das nichts bei der *BASF*."

„Nicht mit mir! Auf keinen Fall zahle ich wieder, und vor allem keine dreitausend Mark. Beim nächsten Mal will er dann fünftausend", schrie ihn Manuela an, Tränen in den Augen.

Werner seufzte. „Das glaube ich nicht. Aber einmal sollten wir das Spiel noch mitmachen. Wir sind auf die *Hitparade* und *Starparade* angewiesen. Es gibt für dich zur Zeit in Deutschland keine wichtigere Fernsehsendung."

Manuela hatte sich wieder beruhigt. „Lass uns morgen noch mal reden. Ich muss eine Nacht darüber schlafen." Sie schlossen die Haustür und gingen langsam durch die Eingangsdiele zurück ins Wohnzimmer.

Am nächsten Morgen einigten sich die beiden am Frühstückstisch nach einer längeren kontroversen Diskussion darauf, noch einmal in den sauren Apfel zu beißen und das Erpressungsgeld zu zahlen.

Eine Woche später rief Werner den Redakteur an. „Dieter, Manuela zahlt noch einmal. Es ist aber unwiderruflich das letzte Mal. Du kannst sie in deine Planung mit einbeziehen und alle Vorbereitungen treffen."

Dieter erfreut: „Danke für euer Verständnis! Rechtzeitig vor März 1973 hört ihr von mir, was für die *Starparade* vorbereitet werden müsste. Ach was, ich komme euch Mitte Januar besuchen. Den *Hitparaden*-Auftritt habt ihr ebenfalls so gut wie sicher. Die *BASF* wird sehr wahrscheinlich bis dahin einen neuen Manuela-Titel vorschlagen."

Nur wenige Tage nach diesem Telefonat flogen Manuela und Werner wieder für längere Zeit in die USA. Im *Dunes*-Hotel in Las Vegas wurden sie nämlich von Charly Rich, dem Eigentümer des Hotels, erwartet. Zwischen Manuela und dem viel älteren Charly hatte sich im letzten Jahr eine herzliche Freundschaft entwickelt. Sie betrachtete Charly als väterlichen Freund, durch den sie Prominente wie zum Beispiel Cary Grant persönlich kennenlernte.

Der jetzige Aufenthalt in Las Vegas diente vornehmlich dazu, Charlys Angebot, probeweise eine 45-Minuten-Liveshow im Dunes-Hotel einzustudieren und durchzuführen. Sollte Manuela sich bewähren, bekäme sie die Chance, später rund fünfzig weitere Liveshows im Hotel zu haben. Diese Gelegenheit wollte sie in jedem Fall nutzen, um in Amerika bekannt zu werden, Erfahrungen zu sammeln und natürlich eine Menge Geld zu verdienen.

Der Probeauftritt im Dezember wurde ein großer Erfolg, und Manuela bekam einen lukrativen Vertrag für weitere 42 Auftritte im Jahr 1973. Gut gelaunt reisten Manuela und Werner zurück nach Berlin, wo viel Arbeit auf die Sängerin wartete: Werbung für die neue Single der *BASF*, *Was hast du gemacht / Komm wieder*, Vorbereitung des Großauftritts in der *Starparade*.

Manuela hatte sich für das erneute Treffen mit Dieter in ihrem Haus fest vorgenommen, sachlich zu argumentieren und Dieter keine Hoffnung zu machen, in Zukunft ein drittes Mal zu zahlen.

Mitte Januar 1973 war es dann soweit. Sie saßen wieder am Wohnzimmertisch, Manuela, Werner und Dieter. Sie konkretisierten den Ablauf des Auftritts, der beim letzten Treffen bereits grob umrissen war. Manuela sollte zunächst den Solotitel *Was hast du gemacht* singen, in der Mitte der Sendung in einem circa neunminütigen Showblock *No No Nanette* zusammen mit Herbert F. Schubert und dem Fernsehballett tanzen und singen, gegen Ende der Veranstaltung sich dann im Abendkleid mit dem Solotitel *Komm wieder* verabschieden.

Manuelas Gage, so Dieter, sollte von üblichen sechstausend Mark für einen solchen Auftritt vom Fernsehen auf neuntausendfünfhundert aufgestockt werden. Dreitausend davon sollte Dieter am Tag der Veranstaltung bekommen.

„Bei deinem gut dotierten Vertrag bei der *BASF* kannst du das Geld leicht verschmerzen", witzelte Dieter und sah dabei an die Decke.

Manuela wäre beinahe aus der Haut gefahren, riss sich aber zusammen, als sie Werners besänftigenden Blick sah. Sie verstand die Geste und beruhigte sich.

„Die Gagenaufstockung muss ich aber erst beim Fernsehen durchdrücken. Ich werde als Begründung angeben, dass Manuela einen Teil der Kostüme selbst bezahlt, ebenso die Produktionskosten für die anzufertigenden Playbacks und die zugehörigen Proben. Sämtliche Reisespesen werde ich ebenfalls als Eigenleistung aufführen."

Manuela erstaunt: „Das wird aber teuer für mich, da es bisher noch keine Gesangsaufnahmen mit Herbert F. Schubert und mich gibt."

Auf diesen Einwand ging Dieter nicht ein. Er fuhr ungerührt fort: „Einzelheiten des Vertrages sollen im Februar mit dem Fernsehen abgesprochen werden. Dazu werdet ihr eingeladen." Dieter lehnte sich zurück und atmete tief durch.

Eine Weile sprach niemand. Manuela sah Werner fragend an, als wenn sie sagen wollte: Der Dieter will doch noch etwas.

Sie hatte recht mit ihrer Vermutung, denn Dieter meldete sich mit einem seltsamen Vorschlag zurück. „Ich hab' da noch was für euch. Ich könnte euch für tausend Mark die Original-Magnetbandaufzeichnung der Sendung besorgen. Wie ist es? Ich könnte das Geld gut gebrauchen."

Irritiert sahen sich Manuela und Werner an. Manuela bekundete kein Interesse. Werner gab zu erkennen, dass sie sich die Sache noch überlegen müssten. Sie hätten im Moment keine Verwendung für ein solches Band, da sie kein Abspielgerät für dicke Studiospulen besäßen.

Da bezüglich der *Starparade* alles besprochen war, dachte Manuela, dass Dieter sich nun auf den Heimweg begäbe. Aber weit gefehlt! Dieter machte im Folgenden einen Vorschlag, der sie fast aus dem Sessel riss. Da sie meinte, nicht richtig gehört oder etwas falsch verstanden zu haben, bat sie Dieter das Gesagte zu wiederholen. Staunend hörten Manuela und Werner ihrem Gast zu.

„Ich könnte für Manuela eine Personalityshow im Fernsehen organisieren. Das würde euch allerdings zwanzigtausend Mark kosten."

„Was!", rief Manuela.

Dieter hob beschwichtigend den Zeigefinger. „Das Geld ist nicht allein für mich, obwohl ich es dringend bräuchte. Ich müsste, um den Plan durchzusetzen, einigen Leuten einen Teil des Geldes zukommen lassen. Sonst spielen die nicht mit." Er biss sich auf die Lippen, als hätte er unbeabsichtigt ein Geheimnis verraten.

„Auf keinen Fall!", sprudelte es aus Manuela heraus. „Du brauchst mit diesem Vorschlag nicht noch einmal zu kommen. Dann singe ich lieber nicht im Fernsehen, wenn ich dafür bezahlen muss."

„Jetzt bist du wohl zu weit gegangen, Dieter", war alles, was Werner dazu einfiel. Er war sonst nicht auf den Kopf gefallen, war um keinen Kommentar verlegen, der Manager mit der Berliner Schnauze. Aber jetzt schüttelte er nur noch ungläubig den Kopf.

Dieters Gesichtsausdruck sprach Bände. Manuela und Werner konnten die Enttäuschung ihres Gastes spüren. Dieser versuchte, seine Verlegenheit zu überspielen, sah auf seine Armbanduhr und machte mit den Armen eine Geste des Bedauerns. Er stand auf, Manuela und Fey hatte es auch nicht mehr auf den Plätzen gehalten, und verabschiedete sich höflich mit Handschlag. Seinen vorzeitigen Aufbruch begründete Dieter mit einem wichtigen Termin, den er vergessen hätte.

Nachdem Dieter das Haus verlassen hatte, bekundeten Manuela und Werner sich gegenseitig, dass sie Dieters Begründung für sein plötzliches Gehen keinen Glauben schenkten.

Anfang Februar erhielt Manuela vom Fernsehen den offiziellen Besprechungstermin für die *Starparade*. 26. Februar, im Berliner Hotel *Arosa*.

Bis dahin beschäftigten sie und ihr Manager sich mit Umzugsplänen. Die Sängerin hatte beschlossen, Berlin den Rücken zu kehren und in Bayern eine neue Heimat zu finden. Für das Haus in Kladow hatte sie bereits einen Käufer in Aussicht, der aber wünschte, möglichst bald einzuziehen. Sich von dem Anwesen zu trennen, fiel ihr nicht sehr schwer, hatte sie doch unüberwindbare Schwierigkeiten mit dem Ordnungsamt, das ihr verbot, die Ponnys weiter auf dem Grundstück zu halten. Auf dem Gelände des Bauernhofs im Allgäu, den sie zu kaufen gedachte, könnte sie ihre Tiere leicht unterbringen. Der Berghof in Seeg stände zwar sofort zum Kauf, könnte aber erst im Sommer nach einer gründlichen Renovierung bezogen werden. Für die Übergangszeit benötigte Manuela eine Unterkunft, in der sie wohnen und ihren Hausrat und die Tiere unterbringen könnte. Auch da war ihr Bekannter, Ossi Küppers, erfolgreich. Er vermittelte ein Haus mit Garten und Garage im bayerischen Schondorf.

Der *Starparaden*-Termin rückte näher.

Im Hotel *Arosa* wurden die Einzelheiten für Manuelas Auftritt besprochen und protokolliert. Anwesend waren Manuela, Werner, der Redakteur Dieter, der Produktionsleiter der Sendung und der Choreograf Herbert F. Schubert. Die Abfolge von Manuelas Auftritten wurde vom Fernsehen so genehmigt, wie sie bereits im Januar mit Dieter erörtert worden war. Für den Showblock sollte vom Fernsehen ein Kostüm geschneidert werden, an dessen Kosten sich die Sängerin zur Hälfte beteiligen müsste. Die Kleidung für die beiden Soloauftritte sollte Manuela in Absprache mit dem Sender auf ihre Kosten zur Verfügung stellen.

Nachdem alles Wesentliche besprochen war, lud Manuela die Fernsehleute anschließend zu einem Umtrunk in ihren Barkeller, wo häufig nach Auftritten in Berlin gefeiert wurde. Hier wurde noch einmal betont, dass bereits am nächsten Tag in einem Berliner Tonstudio die Musikaufnahmen mit Manuela und Herbert F. Schubert zu *No No Nanette* hergestellt werden sollten. Das wäre zwingend notwendig, weil bisher nur Duettaufnahmen von diesen Musicalliedern mit Manuela und dem Holländer Rajnder Frank existierten, jedoch nicht mit dem Choreografen, der den Gesangspart in der *Starparade* übernehmen sollte.

„Wie ist es noch mal mit den Tanzproben?", vergewisserte sich Werner zur Sicherheit und schlug seinen Terminkalender auf. „Wir müssen nämlich am 4. März wieder in Los Angeles sein,"

Der Produktionsleiter sah in sein Protokoll. „Das schafft ihr locker. Die Ballettproben mit Manuela, Herbert und dem Fernsehballett sind am 1. März in Hamburg. Spesen und Fahrtkosten werden vom Fernsehen nicht übernommen. Die Gage für Manuelas Auftritt beträgt, wie schon gesagt, 9500 Mark, abzüglich der Teilkosten für das *No-No-Nanette*-Kostüm."

Über die dreitausend Mark für Dieter wurde selbstverständlich nicht gesprochen. Der feucht-fröhliche Abend in Manuelas Bar endete harmonisch.

Die anstehende Arbeit bis zum Abflug nach Kalifornien bewältigte Manuela problemlos. Alle wichtigen Termine in Los Angeles, Las Vegas, Nashville und Albuquerque konnten wahrgenommen werden.

6

Wiesbaden

Das Flugzeug aus Los Angeles landete am 18. März mit einer halben Stunde Verspätung auf dem Rhein-Main-Flughafen in Frankfurt. Die Zeit reichte Manuela und Werner, um rechtzeitig im Wiesbadener Hotel einzutreffen. Dort hieß es erst einmal, sich ein wenig von der langen Reise zu erholen, da die Sängerin vertragsgemäß noch am gleichen Tag zu den Proben für die *Starparade* in der Rhein-Main-Halle erscheinen musste.

Manuela war froh, dass sich die Vorbereitungen für ihren Auftritt in der Fernsehveranstaltung auf vier Tage verteilten. Sie war nämlich nicht ganz fit, hatte immer noch leichte Probleme wegen der Zeitumstellung zwischen Amerika und Deutschland, obwohl sie die Reise zwischen den Kontinenten schon x-mal gemacht hatte.

Zu den Vorbereitungen gehörten Kostümproben für ihre drei Auftritte, Gesangsproben mit dem Fernsehorchester, Tanz- und Gesangsproben mit ihrem Duettpartner und dem Fernsehballett. Alles verlief zu ihrer Zufriedenheit. An das Geld für Dieter dachte sie während der Arbeit nicht ein einziges Mal. Abends, wenn sie in ihrem Hotelzimmer zur Ruhe kam, war das anders. Dann verfluchte sie sich, dass sie dem Handel zugestimmt hatte.

Werner musste sie mehrmals beruhigen: „Es ist zwar nicht in Ordnung, was Dieter von dir verlangt. Aber sieh es einmal so. Es ist eine Investition in deine Zukunft. Du musst im deutschen Fernsehen präsent bleiben. Amerika allein reicht nicht. Da weiß man nie, ob der große Durchbruch gelingt."

Manuela ballte die Faust und verfluchte Dieter: „Ich könnte ihn umbringen."

Am Abend des 22. März war es soweit. Sie hatte ihren Auftritt in der Wiesbadener Rhein-Main-Halle, ihren fünften und bedeutendsten in der *Starparade* seit dem Beginn im Jahre 1968. Alles verlief erfolgreich. Sie hatte, wie sie später Freunden gestand, das Gefühl, einen der Höhepunkte ihrer Karriere erreicht zu haben.

Nach dem Ende der Veranstaltung, die zwischen acht und zehn Uhr live vom Fernsehen übertragen worden war, saß sie in ihrer Garderobe in einem Sessel und wollte nur noch eins: ins Hotel und ausschlafen.

„Ah, du hast dich schon umgezogen! Nun geht es noch ins Büro. Wir holen deine Gage ab", riss Werner sie gut gelaunt aus allen Träumen. „Das mit den dreitausend erledige ich gleich mit, wenn ich Dieter treffe", ergänzte er in weniger fröhlichem Tonfall.

Manuela verzog das Gesicht und folgte ihrem Manager in die Eingangshalle. Er trug die beiden Koffer, die unter anderem die Bühnenkleidung enthielten. Sie setzte sich in eine Sitzgruppe, um auf das Gepäck, das Werner dort abgestellt hatte, aufzupassen und beobachtete müde, wie Werner in einen durch eine Glaswand abgeteilten Raum ging, der dem Fernsehproduktionsleiter und Dieter zur Verfügung stand. Gähnend wartete sie auf seine Rückkehr.

Es dauerte eine Weile, bis Werner wiederkam, Dieter im Schlepptau. Der Fernsehredakteur reichte Manuela die Hand und bedankte sich mit blumigen Worten für das Geld. „Wir sehen uns in einem Monat in Berlin bei der *Hitparade*. Bis dahin ...", verabschiedete er sich von den beiden.

Im Hotel setzten sich Manuela und Werner noch eine Weile in die Bar und tranken, um einen erfolgreichen Tag abzuschließen, ein Glas Sekt. Werner berichtete seiner Künstlerin nun alles, was sich hinter der Glaswand in der Eingangshalle abgespielt hatte.

Der Produktionsleiter habe Werner im Beisein von Dieter als Gage für Manuelas Auftritt einen Verrechnungsscheck über 8795,15 DM überreicht. Werner habe den Empfang mit seiner Unterschrift bestätigt. Die Differenz zu 9500 DM habe Dieter damit erklärt, dass der Preis für den Kostümanteil vom Fernsehen in Abzug gebracht worden sei.

Nachdem Werner den Scheck in die Außentasche seiner Anzugjacke gestopft habe, hätte er auf eine günstige Gelegenheit gewartet, Dieter das Erpressungsgeld zuzustecken. Er habe es in drei Tausendmarkscheinen seit Tagen in seiner Hosentasche getragen und sogar einen vierten Tausender für das Magnetband bei sich gehabt.

Erst als Dieter sich nach einer Weile auf den Weg in einen Nachbarraum begeben habe, der ebenfalls als Fernsehbüro eingerichtet gewesen wäre, habe Werner eine günstige Möglichkeit für die Geldübergabe gesehen. Er sei dem Redakteur gefolgt und habe ihm die drei Scheine schnell zugesteckt. Dessen Miene habe sich kurz aufgehellt und er habe nur genickt. Werner habe sich mit fragendem Gesichtsausdruck an Dieter gewandt: „Wo ist das MAZ-Band? Die tausend bekommst du erst nach der Übergabe."

„Die Sendung ist ja gerade erst gelaufen. Ich muss noch eine Kopie ziehen. Ich verwahre die Bänder in meiner Wohnung. In Berlin bekommst du das gute Stück, das Original, und ich kriege den Riesen, wie man in der Ganovensprache so schön sagt. Alles klar?", soll dieser laut Werners Bericht mit witzelndem Unterton geantwortet haben.

Manuela, Werner und Dieter trafen sich erst wieder bei den Proben zur *Hitparade* in Berlin, wenige Tage vor dem 14. April, als die Sendung live ausgestrahlt wurde. Als Neuvorstellung trug Manuela *Komm wieder* von ihrer ersten BASF-Single vor. Die Plattenfirma hatte den Titel beim Sender gemeldet und er wurde akzeptiert.

Erst nach der Veranstaltung saßen ein paar Fernsehleute, unter ihnen Dieter, wie schon öfter zuvor in Manuelas Haus gemütlich zusammen und tranken Bier und Wein. Manuela nannte diese Treffen immer unter vorgehaltener Hand *Tassen-Hoch-Veranstaltung.* Dieter blieb bis zuletzt und überreichte schließlich das Masterband mit der Aufzeichnung der *Starparade.* Werner ging in sein Arbeitszimmer und kam mit einem zerknüllten Tausendmarkschein zurück. Die Banknote sah aus, als wenn sie sich die ganze Zeit über in seiner Hosentasche befunden hätte.

Dieter bedankte sich bei Manuela und wagte dann einen neuen Versuch, ihr die Personalityshow für zwanzigtausend Mark schmackhaft zu machen.

Sowohl Manuela als auch ihr Manager lehnten den Vorschlag höflich, aber bestimmt ab. „No way!", sagte sie und hob dabei drohend den rechten Zeigefinger.

Werners einziger Kommentar: „Auf keinen Fall!"

„Dann kann ich nichts mehr für euch tun", war alles, was der Redakteur daraufhin sagte, ehe er grußlos Manuelas Anwesen verließ.

7
Amerika

Einige Tage danach wurden vom Fernsehen die Einladungen für die nächste *Hitparade* im Mai verschickt. Manuela hatte vergeblich gehofft, sich mit *Komm wieder* platziert zu haben. Das Lied war nicht unter den ersten Fünf. Ihre neue Platte *Etwas in mir wurde traurig*, die die Musikabteilung der BASF vorgeschlagen hatte, war vom Fernsehen nicht akzeptiert worden.

„Woran liegt es bloß, dass ich dieses Mal nicht dabei bin?", fragte Manuela noch am gleichen Tag ihren Manager. „Hat Dieter etwas damit zu tun? Er hat sich seit dem letzten Treffen nicht mehr gemeldet. Will er sich dafür rächen, dass ich mich geweigert habe, die Zwanzigtausend zu bezahlen? Ach, nein, das glaube ich nicht. Aber trotzdem! Noch nie war ich zweimal hintereinander nicht unter den ersten Fünf, seit es die Sendung gibt. Waren denn die Titel so schwach? – In den deutschen Single-Charts ist er auch nur auf Platz fünfzig, aber immerhin vertreten."

Werner wusste keine Antwort. Er war ebenfalls ratlos und sah sie mit einem sorgenvollen Blick an. Dann sagte er leise: „Wir müssen kämpfen, dürfen nicht nur an Amerika denken, sondern auch an Deutschland."

Manuela begann, an sich zu zweifeln. Das Einzige, was sie akzeptierte, war die Tatsache, dass ihre neue Platte nicht vorgestellt werden sollte. Es war wohl nicht üblich, dass ein Künstler in aufeinander folgenden Sendungen mit verschiedenen Liedern auftrat.

Da sie auch in den nächsten Wochen keine Auftrittsangebote von den Fernsehanstalten bekam, hatte sie das Gefühl, sich in einer künstlerischen Pause zu befinden. Ablenkung in dieser Misere gab es genug. Der Umzug nach Seeg in den Berghof. Das Einrichten ihres Hauses in Los Angeles, das sie inzwischen gekauft hatte. Schallplatten- und Werbefilmaufnahmen in den USA.

Verträge für Auftritte im deutschen Fernsehen bekam sie im ganzen Jahr 1973 nur noch zwei, beide von der Anstalt, für die auch Dieter arbeitete. Es handelte sich um einen Soloauftritt in der *Drehscheibe*, wo sie früher schon öfter zu sehen war. Außerdem eine anspruchsvolle Mitwirkung als Sketch-Partnerin von Ilja Richter in dessen Show *Disco 73*. Mit beiden Sendungen hatte Dieter jedoch nichts zu tun. Zu tun hatte er als Redakteur aber immer noch mit der *Hitparade*. Eine Sendung nach der anderen ging vorüber. Manuelas zweite, dritte und vierte Single von *BASF* wurden nicht berücksichtigt, obwohl von der Firma angeboten. Die Sängerin wunderte sich sehr darüber. Sie war der Meinung, dass zumindest *Da sagen sich die Füchse gute Nacht* gut in die Sendung gepasst hätte, nicht zu vergessen *Etwas in mir wurde traurig*, eine Coverversion des Welthits *Killing Me Softly With His Song*, gesungen von Roberta Flack.

Die Folge der fehlenden Fernsehpräsenz war spürbar. Nach *Komm wieder* hatte sich keine Platte mehr in den deutschen Single-Charts unter den ersten fünfzig platziert. Das hatte es über einen so langen Zeitraum bisher nicht gegeben. Da nützte auch der Millionenvertrag von *BASF* nichts. Manuelas Karriere in Deutschland war angeknackst.

Anders lief es für sie in Amerika. Ende 1972 war es so weit, dass sie eine Show mit sechs Spitzen-Tänzern aus Hollywood und dem Earl Green's Orchester einstudieren konnte. Eine Sondergenehmigung für zwei Probeshows lag vor. Im Januar 1973 war ihr Traum in Erfüllung gegangen. Auf der riesigen Leuchtreklame des *Dunes*-Hotels konnte man lesen: *Casino de Paris – Manuela – Produced by* ...

Für die Popwelt war ein solcher Auftritt damals, da war sie ganz sicher, das Höchste, das man erreichen konnte.

Der Zuschauerraum des Casinos fasste achthundert bis eintausend Plätze, die zu Manuelas Überraschung alle besetzt waren. Sie fand es deshalb bemerkenswert, weil in benachbarten Show-Palästen zur gleichen Zeit Größen wie der Entertainer Sammy Davis jun., der Sänger Tom Jones und der Pianist Liberace auf der Bühne standen.

Wie ist das möglich? Ich bin doch nur ein einfaches Mädchen aus Deutschland, fragte sie sich.

Wie Manuela nach der Veranstaltung erlebt hatte, hat der Orchesterchef sie immer wieder erstaunt angesehen und gesagt, dass es so etwas wie sie hier in Las Vegas noch nicht gegeben habe. „Sie ist zauberhaft, weiblich, einfach zauberhaft."

Einen weiteren Probeauftritt gab es im Juni mit gleichem Erfolg. Dann bekam sie die Dauerarbeitserlaubnis für die Vereinigten Staaten, die Grüne Karte. Der Chef des *Dunes*-Hotels in Las Vegas bot Manuela den bereits erwähnten Vertrag für 42 Shows, jeweils eine Dreiviertelstunde lang. Sie sollte diese an fünf Tagen in der Woche mit zwei Abendvorstellungen um 20 Uhr und 24 Uhr absolvieren. Danny Thomas, damals ein bekannter US-Film- und Fernsehschauspieler, sollte jeweils den ersten Teil der Gesamtshow bestreiten, Manuela den zweiten. Sie hatte den Höhepunkt ihrer bisherigen Karriere erreicht. Von der Weddinger Hinterhofgöre zum Showstar auf der Bühne im Mekka des Showbusiness.

Manuelas Gage konnte sich sehenlassen. Ihr wurden 12.000 Mark pro Auftritt zugesagt, das sind 120.000 Mark pro Woche, insgesamt somit 504.000 Mark. Premiere war im Dezember 1973. Alle ihre Veranstaltungen waren ausverkauft.

Die Reaktionen der Medien waren positiv. Die Los Angeles Times schrieb zum Beispiel: „Manuela – ein Name, mit dem das amerikanische Publikum rechnen muss."

Manuela wünschte sich, dass ihre Fans in Deutschland ihre Auftritte auch im Fernsehen miterleben könnten. Deshalb telefonierte Werner mit dem deutschen Redakteur in New York, der die Sendung *New York, New York* produzierte, teilte ihm Manuelas Showtermine in Las Vegas mit und erklärte ihm, dass es möglich sei, ihre Show in Las Vegas für das deutsche Fernsehen aufzuzeichnen. Nach einigen Tagen gab es eine Absage. Das deutsche Fernsehen habe kein Geld für die Manuela-Show – und das, obwohl das *Dunes*-Hotel keine finanziellen Forderungen gestellt hatte. Lediglich die Gebühr der Gewerkschaft für die 35 Mitwirkenden sei zu zahlen gewesen. Manuelas Fans in Deutschland durften sie in Las Vegas nicht sehen.

8

Karriereknick

Das Jahr 1974 begann mit einem Schock. Die *BASF* teilte Manuela mit, dass man ihren Künstlervertrag auflösen wolle, weil die Musikproduktion in Kürze eingestellt werden sollte. Obwohl sich die durch die hohe Garantiesumme gezahlte Vorauszahlung für die Firma noch nicht durch Plattenverkäufe eingespielt habe, könne Manuela ihr Geld behalten. Neue Plattenaufnahmen sollte es aber nicht mehr bei der *BASF* geben.

Nachdem Manuela und Werner die Hiobsbotschaft am Mittagstisch gelesen hatten, war ihnen der Appetit vergangen. Die Sängerin sah ihren Manager an. „Was nun?", hauchte sie kaum hörbar.

Bobby, der gemerkt haben musste, dass etwas nicht stimmte, kam aus seinem Körbchen, setzte sich ans Tischbein und sah sein Frauchen an. Dann holte er sein Stoffpüppchen und legte ihr es vor die Füße. Dann sah er in schnellem Wechsel Manuela und sein Püppchen an. Eine Aufforderung zum Spielen.

Manuela, der nicht zum Spielen zumute war, kraulte Bobbys Fell.

Werner, der den entsetzten Gesichtsausdruck seines Schützlings bemerkt hatte, versuchte Manuela zu trösten. „Ich werde alles Erdenkliche tun, unsere neuen Produktionen bei einer anderen großen Firma unterzubringen, am besten wieder mit einem lukrativen Garantievertrag."

„Du ewiger Optimist! Stell dir das nicht so einfach vor. Die werden sich die letzten Verkaufszahlen ansehen und die wenigen Fernsehauftritte des vergangenen Jahres zählen. Sie werden auch argumentieren, dass ich nicht mehr die Beliebteste in Deutschland bin."

„Wieso?"

„Acht Jahre lang war ich bei der *BRAVO-Otto-Wahl* die erfolgreichste deutsche Sängerin. Ich erinnere: viermal Gold, viermal Silber! Zuletzt allerdings stürzte ich aus mir unerklärlichen Gründen von Platz zwei auf Platz neun. Wenn ich mich recht erinnere, hatte ich ein paarmal weit über hunderttausend Leserstimmen bei der *Otto-Wahl*. Ich kann doch nicht von einem zum anderen Jahr zigtausende Stimmen verloren haben."

Werner resigniert: „Ich verstehe es auch nicht. Ob das bei der *BRAVO* noch mit rechten Dingen zugeht, bezweifle ich inzwischen."

Manuela zähneknirschend: „Die fehlende Fernsehpräsenz wird schuld sein. Im Grunde wahrscheinlich der verdammte Dieter, auf dessen letzten Erpressungsversuch wir nicht eingegangen sind. Du weißt, was ich meine."

„Und ob!"

Noch am gleichen Nachmittag telefonierte Werner mit Managern von Manuelas Kolleginnen und Kollegen, die ebenfalls bei *BASF* unter Vertrag standen. Einigen war auch gekündigt worden. Andere waren ahnungslos. Letztlich half alles nichts. Es musste eine neue Schallplattenfirma her, und zwar schnell.

Leider bewahrheitete sich Manuelas Befürchtung. Die großen Firmen zeigten kein Interesse mehr an der Sängerin. Sie hätte zu wenig Fernsehauftritte, sei zu oft in Amerika und habe seit fast einem Jahr keine Platzierung mehr unter den ersten Fünfzig in den deutschen Charts. In der maßgeblichen *Hitparade von Radio Luxemburg* sei sie kaum noch vertreten. Gutes Abschneiden in den anderen Rundfunkhitparaden zähle nicht so sehr.

Nie zuvor hatte sich die Sängerin mit derartigen Sorgen herumquälen müssen. Sie konnte nachts nicht mehr richtig schlafen, wachte oft schweißgebadet auf. So auch in der Nacht, als sie beschloss, Achim anzurufen, den ehemaligen Mathematikstudenten, der inzwischen Studienreferendar für das Lehramt am Gymnasium war. Sie hatten sich längere Zeit nicht gesehen und auch nicht miteinander telefoniert, da er wegen der dauernden Prüfungen wenig Zeit hatte. Durch das Stichwort *Hitparade von Radio Luxemburg* wurde sie wieder an ihn erinnert.

Um Punkt vier in der Frühe klingelte bei Achim das Telefon. Das konnte nur sie sein, muss er wohl gedacht haben, als er durch das Läuten aus dem Schlaf gerissen wurde. Manuela hatte schon einige Male nachts bei ihm angerufen und wusste, wie er reagierte. Sie war in ihrem Freundeskreis bekannt als *die Frau mit der Telefonitis*.

„Hallo, Achim! Wie geht es?" Sie hörte ihn gähnen.

„Ach, du bist es! Dachte ich mir. Schön! Mir geht es gut, dir hoffentlich auch. Aber ich bin sehr müde. Gibt es etwas Wichtiges?"

„Ich kann nicht schlafen, habe Probleme mit der Plattenfirma, dem Fernsehen, *Radio Luxemburg*, mit allem."

In der darauffolgenden Stunde erzählte sie ihm ihr ganzes Leid. Er versuchte, sie mehrmals zu trösten, konnte ihr aber nur bezüglich des *ZDF* raten, sich beim Intendanten in höflichem Ton zu beschweren.

„Das überlege ich mir. Aber, hör mal, kannst du mir nicht mal einen Schwank aus deinem Leben erzählen. Vielleicht kann ich dann einschlafen."

Achim überlegte. „Ich könnte dir von einem häufig wiederkehrenden Traum erzählen, der mich belastet."

„Prima, fang an!"

„Er ist aber teilweise unappetitlich."

„Egal."

Etwas verlegen legte Achim los: „Schweißgebadet wache ich auf. Wieder ist es wegen des verfluchten Albtraums, den ich schon oft zuvor habe erleiden müssen. Der gelegentlich wiederkehrende Traum hat eine Vorgeschichte, die ich tatsächlich in meiner Kindheit erlebt habe.

Als ich sechs Jahre alt war, zogen meine Eltern mit mir in eine Siedlung für Kriegsbeschädigte, die in den frühen Fünfzigerjahren gerade gebaut worden war. Wir bekamen ein von drei Straßen begrenztes Eckgrundstück und wohnten von da an im Parterre einer Doppelhaushälfte.

Die Straße an der Giebelseite des Hauses grenzte an eine ältere Siedlung mit großen Gärten, die in den Dreißigern entstanden war. Auf der anderen Seite dieser Straße, nur wenige Meter von unserem Grundstück entfernt, befand sich ein winziges Haus aus Beton mit Flachdach, das man im Rheinland Büdchen nannte. Es bestand nur aus einem Raum mit zwei Türen und einem großen Fenster, das als Verkaufstheke diente. In diesem kleinen Laden, von dem ich später, als ich ein paar Jahre älter war, erfahren sollte, dass keine Baugenehmigung vorlag, er also illegal existierte, konnte man allerlei Lebensmittel kaufen wie Bonbons, Eis, Getränke usw."

„Bis jetzt ist nichts Unappetitliches passiert", unterbrach Manuela die Erzählung.

„Das kommt noch. Habe Geduld!"

„Na gut!"

„Das Büdchen, an dem später eine Leuchtreklame mit der Aufschrift *Trinkhalle* angebracht wurde, störte mich als kleinen Jungen in keiner Weise, meine Eltern umso mehr, wie sich bald herausstellen sollte. Schon nach wenigen Wochen verbot mir mein Vater, beim *Rüssel*, wie der Inhaber hieß, einkaufen zu gehen.

‚Dass du mir ja nicht bei dem Kerl in diesem Häuschen etwas kaufst!', höre ich noch heute meine Mutter mit erhobenem Zeigefinger und finsterer Miene sagen."

„Wieso?", wollte Manuela wissen.

„Meine Eltern mieden das Büdchen wie die Pest. Dafür gab es mehrere Gründe. Zum einen ging das Gerücht um, dass *Rüssel* seine Kunden betrog, ihnen zu wenig Wechselgeld zurückgab. Zum anderen, und das war für meinen Vater gravierender, störte ihn der abendliche und nächtliche Lärm der Säufer, die, laut grölend, im Dunstkreis des Ladens herumlungerten. Dabei kam es nicht selten vor, dass sich einer, der zu viel Bier gesoffen hatte, an unserer Hecke erleichterte."

„So eine Unverschämtheit!" Manuela war außer sich.

„Ich bekam das zwar in der Anfangszeit nicht mit. Mein Vater war wegen seiner Kriegsbeschädigung zu Fuß nicht schnell genug, um einen solchen Kerl zu erwischen, zeigte mir aber später die von der Harnsäure verätzten Zweige der Heimbuchensträucher.

Das alles passierte in der vornehmen Großstadt Düsseldorf."

„Kaum zu glauben. Da kann ich nicht drüber lachen."

Achim erzählte weiter. „Als Kind zogen mich natürlich die Süßigkeiten und Limonaden wie *Bluna* und *Coca-Cola* magisch an, sodass ich mich nicht an das Verbot meiner Eltern hielt und im Büdchen einkaufte. Geld hatte ich zwar keins, aber brauchte ich auch nicht zu haben. Auf dem kurzen Weg zur Trinkhalle fand ich jedes Mal genügend viele Geldmünzen auf der Straße und dem Gehweg, vor allem in der Nähe der Bude, wo die Leute beim Bezahlen Münzen verloren. Da ich einen Blick für herrenloses Geld, das auf der Straße lag, hatte, brauchte ich mich nur zu bücken. Zwischen zwanzig Pfennig und zwei Mark fand ich immer. Dafür konnte man sich damals eine Menge kaufen ..."

„Cleveres Kerlchen!", konnte sich Manuela nicht verkneifen.

„Ich erinnere mich noch genau, dass ich hier die erste Familienflasche mit zwei Drittel Liter *Coca-Cola* für fünfundvierzig Pfennig erwarb. Ich trank sie gleich am Büdchen leer, weil das gefundene Geld nicht für das Pfand reichte und ich die Flasche daher nicht mitnehmen durfte. Das Büdchen stand in einem Obstgarten mit vielen Apfelbäumen, und *Rüssel* kam auf die Idee, dort Tische und Stühle aufzustellen, um hier Gäste in gemütlicher Umgebung zu bewirten …"

„Tolle Idee! Aber …"

„Vor allem an Feiertagen wie Ostern und Pfingsten war in diesem Garten die Hölle los. Es wurde gefeiert bis in die Nacht, sodass meine Eltern und manchmal auch ich nicht schlafen konnten.

Um sich zu wehren, hat mein Vater einen teuflischen Plan in die Tat umgesetzt. Die Häuser waren in den Fünfzigerjahren noch nicht an die Kanalisation angeschlossen. In der Siedlung hatte jedes Haus eine Sickergrube für Abwasser und Fäkalien im Garten. Diese Gruben mussten dann und wann geleert werden. Üblicherweise machte das die *Fäka*, ein Unternehmen, das mit einem großen Jauchewagen und einem langen Saugschlauch anrückte. Um *Rüssel* zu ärgern, verzichtete mein Vater auf die *Fäka*, kaufte sich eine Fäkalienschöpfkelle mit langem Stiel und leerte die drei Gruben selbst. In mehreren aufeinander folgenden Jahren schüttete er die Jauche zu Ostern, Himmelfahrt und Pfingsten auf unserem Grundstück längs der Grenze zu *Rüssels* Straße, damit die Schreihälse, wie er die Gäste im Biergarten nannte, vor dem bestialischen Gestank Reißaus nahmen. Das funktionierte prima."

Manuela musste Achim unterbrechen. Sie hielt es vor Lachen nicht aus. „Sickergrube! Jauchekelle! Saugschlauch" Ha, ha, ha!"

„*Rüssel* rächte sich auf seine Weise …"

„Rüssel! Ha, ha, ha! – Du, Achim! Halt mal an! Ich muss zur Toilette. Ich komm' gleich wieder."

Nach einer Weile kam Manuela zurück und nahm wieder in ihrem Kugelsessel Platz. „Hier bin ich wieder. Mach weiter!", kicherte sie.

„*Rüssel* ließ in seinem Obstgarten eine Gaststätte bauen, und die Lärmbelästigung wurde noch schlimmer. Jetzt hörten wir nicht nur im Sommer die Betrunkenen bis manchmal um vier Uhr nachts im Umkreis der Gaststätte grölen und lallen.

Eines Morgens wachte ich auf und bekam mit, wie sich zwei Nachbarn vor unserem Haus unterhielten.

‚Hast du schon gehört? Der alte *Rüssel* ist verreckt.'

‚Was hatte er denn?'

‚Die Schwindsucht.'

Nach *Rüssels* Tod wurde alles noch schlimmer. Seine Witwe ließ die Gaststätte abreißen und an deren Stelle eine neue viel größere, mit Kegelbahn im Keller, bauen. Außerdem entstand auf dem Grundstück ein dreigeschossiges Haus mit Spitzdach. Die beiden oberen Etagen wurden vermietet, unten befand sich ein Teil der Gaststätte sowie eine Pizzeria mit Biergarten und eine Trinkhalle anstelle des alten Büdchens.

Heute sind diese Anwesen verpachtet.

Alle drei Lokalitäten habe ich bis heute noch nie betreten, geschweige dort etwas gekauft. Lediglich im alten Büdchen habe ich ein paar Mark gelassen, die eigentlich nicht mein Geld waren, weil ich sie gefunden hatte.

Das ist die lange Vorgeschichte meiner Albträume, in denen es um die *Rüssel*-Wirtschaft geht. Sie sind furchtbar und peinlich."

„Bis jetzt braucht dir nichts peinlich zu sein", ermunterte Manuela Achim weiter zu erzählen.

„Immer, wenn ich mich im Traum durch die Gaststätte gestört fühle, marschiert um das Anwesen eine Gruppe junger Männer auf, die sich im Halbkreis aufstellt und laut Schmählieder über die Gäste der Wirtschaft singt. An eines kann ich mich erinnern. Es wird nach der Melodie von *Das Wandern ist des Müllers Lust* gesungen: *Das Scheißertum vom Rüssel-Haus, das Scheißertum vom Rüssel-Haus, das Scheißertum. Das muss ein echter Scheißer sein, der allzeit kehrt beim Rüssel ein …*"

Achim musste seine Erzählung unterbrechen, weil Manuela einen Lachkrampf bekommen hatte. „Scheißertum! Ha, ha, ha! Wie kann man nur auf eine solche Idee kommen", kam es glucksend aus ihr heraus.

Achim: „Soll ich weitererzählen?"

„Klar! Das ist so lustig."

„Wenn einige der Gäste den Biergarten vor dem Restaurant fluchtartig verlassen, gehen die Sänger seelenruhig zu den verbliebenen Gästen und drücken einigen von ihnen deren Kopf auf den Teller, sodass ihr Gesicht für kurze Zeit im Essen steckt. Dann gibt es jedes Mal einen Tumult. Die Gäste werden handgreiflich und rufen nach der Polizei. Wie auf Kommando verschwinden dann die jungen Männer und laufen in alle Richtungen davon."

„Hi, hi, hi!"

„Obwohl ich die Szene jedes Mal aus der Nähe beobachte, erinnere ich mich nach dem Traum an keine der beteiligten Personen. Ich weiß nicht, ob ich ihnen im wahren Leben jemals begegnet bin.

In einem anderen Traum rückt die *Fäka* an und fährt vor den Biergarten. Blitzschnell, ohne dass die Restaurant-Gäste reagieren können, rollen die Männer der *Fäka* einen langen Schlauch aus und schließen ihn an den Jauchewagen an. Dann spritzen sie den ekelhaften Inhalt ihres Wagens auf die Gäste, die schreiend davonlaufen. Einige, die nicht schnell genug verschwunden sind und protestierend verweilen, werden von hinten gepackt und ihr Gesicht mit Jauche vollgespritzt."

Manuela, die ein Glas Wasser zu sich genommen hatte, fing an zu husten, weil sie sich verschluckt hatte. „Moment! Gleich kannst du weitermachen."

„An dieser Stelle wache ich jedes Mal auf und erinnere mich daran, dass ich als stiller Beobachter des Geschehens eine klammheimliche Freude über das Missgeschick der Restaurantgäste empfunden habe, aber nicht in der Lage gewesen bin, ins Geschehen einzugreifen."

Manuela war aus dem Häuschen. „Du kannst einen wirklich von allen Sorgen ablenken. Ha, ha, ha! Hi, hi, hi! Die Story war köstlich. Muss ich morgen unbedingt Werner erzählen, um ihn aufzumuntern. Der lacht sich auch tot, hört gern solche Geschichten. – Jetzt muss ich aber schlafen. Mach's gut!" Sie gähnte. „Bis demnächst!"

Am nächsten Tag erzählte Manuela ihrem Manager am Mittagstisch von Achims Traum. Werner schlug sich vor Begeisterung auf die Schenkel. Dann grübelte er eine Weile und heckte einen Plan aus, den er Manuela verschwieg.

Wenn sie gewusst hätte, was Werner aufgrund von Achims Geschichte in der nächsten Zeit anstellen würde, hätte sie ihm nichts davon erzählt. In Gedanken war sie wieder bei ihren beruflichen Problemen in Deutschland. Sie musste sich mit weniger zufrieden geben als Werner ihr in Aussicht gestellt hatte. Er erreichte zumindest eine Vereinbarung mit der *Hansa Musik Produktion*, dass sein Schützling im Laufe des Jahres 1974 drei Singles und zwei Langspielplatten unter dem Label *Hansa* veröffentlichen konnte. „Ich bin zufrieden", lobte sie ihren Manager. „*Hansa* ist keine kleine Firma, und ich kann meine Eigenkompositionen endlich auf einer LP unterbringen."

Tatsächlich ging ihr Traum in Erfüllung. *Ein schöner Tag mit viel Musik* hieß die neue LP, benannt nach ihrer Lieblings-Eigenkomposition. Ein Jahr später musste Manuela allerdings ernüchternd feststellen, dass die Platten bei *Hansa* kein kommerzieller Erfolg waren.

Gründe für die Pleite lagen auf der Hand. Bei Eigenkompositionen fehlt die Unterstützung anderer Autoren, die ein Interesse daran haben, dass sich eine Platte verkauft. Fehlende Chart-Platzierungen haben dazu geführt, dass die neuen Titel von Manuela nur wenig im Rundfunk gespielt wurden. Es reichte nicht, dass die alten Erfolgsnummern immer noch viel gedudelt wurden. Ausschlaggebend war aber wohl, dass man sie kaum noch im Fernsehen sah. Im *ZDF* und dem ersten Programm gar nicht, lediglich mal in den Regionalsendungen der *ARD,* im *Dritten.* Am meisten schmerzte die Künstlerin aber die Ignoranz des *Zweiten Deutschen Fernsehens.* Keine *Hitparade,* keine *Starparade.*

Wie sollte es weitergehen? Manuela und Werner besprachen das Problem mit ihrem Rechtsanwalt in München. Der schlug, genau wie Achim, vor, dass Manuela ihre Sorge den Fernseh-Intendanten höflich und sachlich in schriftlicher Form unterbreiten sollte. Hätte das keinen Erfolg, könnte er in ihrem Auftrag selbst tätig zu werden.

Diesen Rat befolgte die Sängerin nicht sogleich, da der nächste USA-Flug vor der Tür stand und sie wieder für ein paar Wochen außer Landes war. Nach der Rückkehr kümmerte sich Werner um einen neuen Plattenvertrag, da eine Fortsetzung bei *Hansa* nicht sinnvoll erschien. Manuela wollte zu einer Firma, deren Künstler TV-Auftritte bekamen. Dazu gehörte ein Plattenboss, der sich beim Fernsehen durchsetzen konnte. Mit Ralph Siegel jun. meinten sie einen gefunden zu haben. Jedenfalls schlossen sie mit ihm einen Vertrag, in dem sie sich verpflichteten, mindestens ein Jahr lang bei ihm alle neuen Manuela-Schallplatten mit deutsch gesungenen Titeln zu veröffentlichen. Englische Songs aus den USA blieben vom Vertrag unberührt. Sie könnten auch von einer anderen Plattenfirma in Deutschland publiziert werden. Die Firma hieß *Jupiter Records.* Ihr Handicap: Es handelte sich um ein kleines Label mit wenig bedeutsamem Marktanteil, nicht zu vergleichen mit dem ihrer bisherigen Firmen *Telefunken, BASF, Ariola* oder *Hansa.*

Siegel veröffentlichte 1975 zwei Singles und eine LP von Manuela. Es waren keine besonders starken Titel dabei, wenn man vielleicht von *Ich möcht gern dein Herz klopfen hörn* absieht. Dieses Lied trug die Sängerin als Beitrag zur *Kieler Woche* in der *Aktuellen Schaubude* des NDR vor, mit beachtlichen Tanzbewegungen. Hier konnte man staunend miterleben, was sie im Unterricht in Amerika dazugelernt hatte. Hatten ihre Auftritte in der *ZDF-Hitparade* drei Jahre zuvor noch ein wenig ungelenk gewirkt, war ihr Tanz jetzt beinahe perfekt. Die Akzente von Musik und Tanzbewegungen waren synchron. Kurz: Musik, Tanz und Gesang waren aus einem Guss.

Mit dem Titel ins *ZDF* zu kommen, gelang Siegel jedoch trotz allen Bemühens nicht, weder in die *Hitparade*, noch in die *Starparade* oder *Disco*. „Wieso kann ich dich in keiner dieser Sendungen unterbringen", fragte Siegel schließlich seine Künstlerin.

Manuela blieb ihm eine Antwort schuldig. Sie hielt es nicht für ratsam, ihren Plattenboss über die Vorgeschichte mit dem *ZDF* aufzuklären. Dass sie zu diesem Zeitpunkt Angst hatte, bei Offenlegung der Geschehnisse in der Vergangenheit keine weiteren Plattenveröffentlichungen bei *Jupiter* mehr zu bekommen, ist anzunehmen.

Als Manuela in den folgenden Monaten weiterhin keine Angebote vom Fernsehen bekam, entschloss sie sich am 25. März 1976 an den Intendanten des *ZDF*, Karl Holzamer, zu schreiben. Sie teilte ihm unter dem Betreff *ZDF-Hitparade* Folgendes mit: „Sehr geehrter Herr Holzamer, diese Sendung ist zu der wichtigsten deutschen Schlagersendung geworden. Ein Auftritt darin entscheidet häufig über Gedeih und Verderb einer Karriere. Die Plattenverkäufe werden durch keine andere Sendung des deutschen Fernsehens so stark beeinflusst. Die Auswahl der *Hitparaden*-Titel erfolgt durch eine unabhängige Jury, obwohl die Qualität auf dem Schlagermarkt durch Popularität messbar ist, die sich in Verkaufszahlen niederschlägt. In der *Hitparade* sind immer die gleichen Firmen und Interpreten vertreten. Es kann nicht an der mangelnden Qualität meiner Titel liegen, dass sie seit drei Jahren weder in der *Hitparade*, noch in *Disco*, noch in der *Starparade* vorgestellt wurden. Mit meinem Schreiben möchte ich erreichen, dass die Auswahlkriterien überprüft werden."

Genau zwei Wochen später ließ Manuela ein zweites Schreiben an Holzamer durch ihren Rechtsanwalt folgen. Der bat in seinem Brief unter dem Betreff *ZDF-Hitparade* um Folgendes: „Sehr geehrter Herr Holzamer, bitte teilen Sie mir mit, in welcher Weise das *ZDF* dafür sorgen wird, dass in Zukunft Chancengleichheit bei der Zulassung der Interpreten zur *Hitparade* und damit Manuelas Berücksichtigung gewährleistet ist."

Auf beide Schreiben ließ der Intendant am 28. Mai 1976 antworten: „Das Auswahlverfahren der *Hitparade,* wie es in einer Sendung vom 22.3.1976 dargestellt worden ist, ist rechtlich eingehend überprüft worden. Frau Wegeners Auswahlverfahren kann nicht entsprochen werden. Bei einer Nichtaufnahme in die Sendung ist zu bedenken, dass von ca. 650 jährlichen Titelvorschlägen nur etwa 80, also ca. 12%, vorgestellt werden können. Der Titel *Ich möcht gern dein Herz klopfen hörn* ist im Sommer 1975 nicht in die Sendung aufgenommen worden, weil die Jury sich dagegen ausgesprochen hat."

Manuela reagierte zutiefst verärgert: „So eine Unverschämtheit! Das ist keine Antwort auf unsere Schreiben. So eine Frechheit! Wie kann ich dem *ZDF* das nur heimzahlen?"

Ihr Manager war kaum in der Lage, sie zu beruhigen. „Ich lass mir was einfallen", meinte er kleinlaut.

Was sollte sie nur tun, um wieder im deutschen Fernsehen singen zu können? Sie überlegte, wie es weitergehen könnte, und es fiel ihr eine Idee ein, die sie schon seit Jahren verfolgte. Eine vage Hoffnung: der *Grand Prix d'Eurovision,* der von der *ARD* ausgestrahlt wurde und für den der Intendant Hans-Otto Grünefeldt zuständig war. Sie beschloss, sich zu bewerben, um für Deutschland zu singen. Immerhin war sie acht Jahre lang zur beliebtesten deutschen Schlagersängerin gewählt worden.

Die Antwort kam im Juni 1976. Ein anderer Interpret sollte Deutschland beim *Grand Prix* vertreten. Manuela sei nicht gut genug, sie könne nicht singen und nicht tanzen, hieß es in der Begründung.

Kurz nachdem sie das Schreiben erhalten und gelesen hatte, rief zufällig Achim an. Manuela war noch außer sich vor Wut: „Stell dir vor, der Grünefeld will mich beim *Grand Prix* nicht singen lassen." Sie las ihm die Begründung vor. „Das erinnert mich an 1970, als ich schon mal abgelehnt worden war. Dabei war das damals ganz anders. Beim Vorstellungsgespräch wurde mir ein unsittlicher Antrag gemacht. Ich sollte mit dem hohen Fernsehtier schlafen. Diesem Schwein! Ich bin davon überzeugt, dass ich damals nur deshalb nicht singen durfte, weil ich nein gesagt habe."

Achim, völlig irritiert: „Das ist ja kaum zu glauben. Man munkelt ja schon seit langem, dass es in der Branche so zugeht. Aber, dass dir so was passiert ist!"

„Langsam kann ich meine Karriere im deutschen Fernsehen abschreiben. Das Ganze war ein Schuss in den Ofen. – Aber ich muss dir noch was erzählen. Über deinen Traum, den du mir vor einiger Zeit erzählt hast, konnte ich oft lachen. Seit vergangene Woche jedoch nicht mehr."

„Wieso?"

Manuela erzählte in aller Ausführlichkeit, was passiert war. Werner und ihr Stiefvater verstanden sich schon seit Jahren nicht gut. Er warf ihrem Manager vor, Geld aus Manuelas Einnahmen zu veruntreuen, indem er Unsummen beim Lottospielen und in Kasinos einsetzte und verlor. Werner war der Ansicht, dass es niemanden etwas anging, was er mit dem gemeinsam verdienten Geld anfinge. Da der Stiefvater Werner Hausverbot in Manuelas elterlicher Wohnung erteilt hatte, wollte der sich endlich mal rächen. Durch Achims Traum kam er auf die Idee, seinem Widerpart ein besonderes Paket mit der Post zu schicken. Es enthielt nichts weiter als gut verpackten Stuhlgang. Nachdem Manuelas Stiefvater das Paket geöffnet hatte, war er zutiefst beleidigt und verärgert. Er rief sofort seine Stieftochter an und verlangte von ihr, dass sie Werner in die Wüste schickte. „Wirf den Kerl endlich aus deiner Wohnung!"

Achim war nach diesem Telefonat zum zweiten Mal an diesem Tag ratlos.

9
Veröffentlichung

An jenem Tag im März, als Manuela sich an die Grand-Prix-Idee erinnert hatte, las sie in der Tageszeitung einen Text, der ihre berufliche Laufbahn verändern sollte. Ohne diesen Artikel wäre möglicherweise ihr weiteres Leben anders verlaufen.

Die Zeitungsgeschichte handelte von einem Herrn Müller in Bad Homburg, der Inhaber einer Schallplattenfirma war, von der sie zuvor noch nie gehört hatte, *Aronda*. Was dieser Günther Müller der Presse erzählt hatte, war für Manuela hochinteressant. Sie las, dass er Klage beim Bundeskartellamt eingereicht hatte, und zwar gegen die Auswahl von Interpreten für Musiksendungen des *ZDF*. Endlich hatte jemand mal den Mut, gegen die seltsamen Methoden der Musik- und Unterhaltungsredaktion vorzugehen, dachte sie erfreut und überlegte, ob es nicht nützlich sein könnte, mit diesem Herrn in Verbindung zu treten.

Manuela, die den Artikel im Liegestuhl auf ihrer Terrasse mit Blick ins Tal am Berghof in Seeg gelesen hatte, suchte ihren Manager im Haus. Nach mehrmaligem Rufen wusste sie, wo er war. Er hatte sich zum Mittagsschläfchen in sein Zimmer verkrochen, während sein Schützling sich in der Märzsonne bräunte.

Nachdem auch er die Geschichte gelesen hatte, entschieden beide sofort, Müller anzurufen. Nach dem dritten Versuch hatte Werner ihn am Apparat. „Herr Müller, mein Name ist Fey, Manager der Sängerin Manuela, deren Schlager

Sie bestimmt kennen. Ich sage nur: *Schuld war nur der Bossa Nova.*"

„Natürlich weiß ich, wer Manuela ist." Seine Stimme klang sehr freundlich, als wenn er auf den Anruf gewartet hätte. „Wie komme ich zu der Ehre Ihres Anrufs?"

„Wir haben ihren Zeitungsartikel gelesen und sind begeistert, dass Sie den Mut haben, rechtliche Schritte gegen das Fernsehen vorzunehmen."

Im weiteren Gespräch wurde deutlich, dass Müller hocherfreut war, dass eine Prominente sein Anliegen unterstützte.

„Wir sollten in Kontakt bleiben und überlegen, ob wir gemeinsam etwas gegen die Ungerechtigkeiten im Fernsehen erreichen können", meinte er zum Schluss.

An den darauffolgenden Tagen telefonierten Werner und Müller mehrere Male. Schließlich fragte der *Aronda*-Chef: „Könnte sich Manuela nicht meiner Klage beim Kartellamt anschließen?"

Die Sängerin überlegte nicht lange. Sie hatte sich längst insgeheim entschieden und signalisierte Werner, ja zu sagen.

Müller hatte daraufhin ein überraschendes Angebot: „Gibt es eine Möglichkeit, dass ich Schallplattenveröffentlichungen von Manuela vornehmen könnte?"

Werner überlegte einen Augenblick, ehe er antwortete. „Wir sind zur Zeit bei *Jupiter-Records* unter Vertrag und könnten momentan keine deutschsprachigen Titel anbieten. Songs in Englisch wären möglich. Da haben wir vor kurzem einige fertig produzierten aus den USA mitgebracht."

„Das wäre auch gut. Lassen Sie uns ein anderes Mal darüber reden."

Manuela und Werner saßen am nächsten Morgen am Frühstückstisch, als das Telefon klingelte. Der Anruf kam aus Bad Homburg. Müller war am Apparat. Im Laufe des Gesprächs erfuhr Werner, dass Müller einen Kompagnon hatte, einen befreundeten Apotheker namens Weinmann aus Bad Homburg, der das Projekt finanziell unterstützen würde.

Manuela hörte an einem zweiten Telefonlautsprecher mit. Sie gab Werner ihr Einverständnis zu einem Vertragsabschluss durch ein Zeichen zu verstehen. Es sollte auf dem Berghof stattfinden, rief sie ihm zu. Dabei nickte sie erfreut. „Am 4. April um 15 Uhr sind mein Partner und ich bei Ihnen in Seeg. Dann machen wir alles perfekt. Bis dahin!", verabschiedete sich Müller. Seine Stimme klang noch freundlicher als bisher.

Manuela überlegte. Soll ich meine zukünftigen englischsprachigen Titel bei *Aronda* veröffentlichen? Ist die Firma nicht zu klein? Welchen Marktanteil hat sie? Aus Amerika weiß ich, dass auch kleine Firmen eine berechtigte Chance haben, Schallplatten erfolgreich zu veröffentlichen. Unruhig rutsche sie auf ihrem Stuhl hin und her. Sie trank ein Glas Milch und dachte weiter nach. Sollte ich nicht lieber zusätzlich einen Fachmann zu Rate ziehen und mich nicht nur auf Werners Meinung verlassen? Sie wischte sich mit dem Handrücken die Lippen ab, die von der Milch etwas klebrig waren.

Manuela und Werner stimmten darüber ein, vor dem 4. April noch eine dritte Person zu fragen, die sich in der Branche auskannte. Ihnen fiel auch jemand ein, dem sie ein gutes Urteil zutrauten. Jochen Birr, ein bekannter Journalist bei der Fernsehzeitschrift *Gong*.

Birr, mit dem die Sängerin und ihr Manager schon längere Zeit befreundet waren, recherchierte. Sein Ergebnis war nicht berauschend. Am Telefon gab er Manuela zu verstehen: „Bei *Aronda* handelt es sich um eine kaum bekannte Firma, die einen unbedeutenden Marktanteil hat. Kein Künstler, der bei Müller unter Vertrag stand, war jemals in der *ZDF-Hitparade*." Der Journalist schlug ihr vor, bei der Vertragsunterzeichnung dabei zu sein.

Zum verabredeten Zeitpunkt erschienen alle drei auf dem Berghof, Günther Müller, sein Partner Weinmann, der als mehrfacher Millionär vorgestellt wurde, und schließlich Jochen Birr, der seine Schreibmaschine für den Vertragstext mitgebracht hatte.

Gut gelaunt servierte Manuela in der großen Bauernstube mit Ausblick ins Tal, wo man heute bei der guter Sicht Schloss Hohenschwanstein erkennen konnte, ihren Gästen Kaffee und Kuchen. „Dann wollen wir uns erst mal stärken und anschließend in Ruhe loslegen."

Müller und sein Partner boten Manuela einen Dreijahresvertrag mit einer Garantiesumme von vierhundertfünfzigtausend Mark an, fünfzigtausend als Sofortzahlung.

Manuela war einverstanden.

Werner rieb sich die Hände. Ob er in Gedanken im Spielcasino war?

Man war sich einig, dass keine deutschsprachigen Lieder veröffentlicht werden konnten, solange der Vertrag mit Ralph Siegel bestand. Zunächst sollten zwei oder drei Singles, im Juni/Juli 1977, dann eine LP mit englischen Aufnahmen von Manuela produziert und von Müller in den Verkauf gebracht werden. Aus dieser LP sollten nach Bedarf ein oder zwei Singles ausgekoppelt werden.

Als kurze Zeit später bekannt wurde, dass Manuela sich beim Kartellamt über das *ZDF* beschwert hatte, meldete sich *Jupiter-Records* bei der Sängerin. Ralf Siegel beschwerte sich über das Vorgehen seiner Interpretin und kündigte verärgert den Vertrag.

So war es möglich, dass die Titel einer der beiden Manuela-Singles bei *Aronda* in deutscher Sprache veröffentlicht werden konnten: *Immer wenn ich an Berlin denk' / Du kannst mich mal besuchen in Berlin.*

In der Folgezeit verließ sich Manuela darauf, dass Müller die beiden Singles, wie vereinbart, vermarkten würde und beschäftigte sich bis Ende 1976 und im darauffolgenden Jahr in den USA mit den Aufnahmen für die neue LP.

Im Juli 1976 erhielt sie in Los Angeles eine Hiobsbotschaft. Müller, aufgeregt am Telefon: „Manuela, du musst sofort handeln." Die beiden duzten sich mittlerweile. „Im *Stern*, Ausgabe Nummer 32, ist ein Bericht über dich erschienen mit vielen unwahren Behauptungen. Der *Stern*-Redakteur Andreas Odenwald hat unter der Überschrift *Leo, wir fahren nach Las Vegas* geschrieben: *Für die Berliner Schlagersängerin Manuela beispielsweise war das Traumziel Amerika der Anfang vom kläglichen Ende der Karriere. Über Nebenauftritte in drittrangigen Las-Vegas-Shows hatte sie den deutschen Markt vergessen – nach der Rückkehr vergaß der deutsche Markt dann sie.*" Im Weiteren kündigte der *Aronda*-Chef an, gerichtlich gegen die Verleumdungen vorzugehen und erwarte das auch von seiner Sängerin. „Ich habe Reginald Rudorf beauftragt, für mich eine Expertise über deinen Marktwert zu schreiben, als Beweismittel vor Gericht für die Unwahrheiten."

Ob Reginald Rudorf der Richtige für eine Expertise über mich ist, bezweifele ich, dachte Manuela. Wird er nicht in der Branche *Reginald Rufmord* genannt aufgrund vieler Tatsachenverdrehungen in seinem Medieninformationsdienst *Rundi*?

Die Expertise wurde am 31. August angefertigt. Sie fiel sehr gut zu Gunsten Manuelas aus. Müller reichte, gestützt auf diese, eine Schadenersatzklage gegen das Magazin ein.

Manuela, die in der Zwischenzeit nicht untätig geblieben war, hatte ihren US-Anwalt in Los Angeles gebeten, gegen die falsche Veröffentlichung im *Stern* vorzugehen. Während der Jurist sich mit der Sache beschäftigte, schickte die Zeitschrift einen Beauftragten nach Amerika, der Manuela vorschlug, dass der zugefügte Schaden in Form eines Wiedergutmachungsberichtes ausgeglichen werden sollte.

Die Sängerin war einverstanden und rief umgehend in Bad Homburg an: „Günther, zieh bitte deine Klage zurück!"

Er, verdutzt: „Wieso das auf einmal? Das sehe ich nicht ein."

Manuela, um Verständnis für ihre Idee ringend: „Doch! Überleg mal! Ein Vergleich ist besser. Ein mehrseitiger Bericht im Wochenblatt, in dem die falschen Behauptungen richtiggestellt werden, ist vorteilhafter als ein langer Prozess, dessen Ausgang niemand voraussagen kann."

Obwohl Manuela mit Engelszungen auf Müller eingeredet hatte, wollte *Aronda* weiterklagen. Erst nachdem es ihr gelungen war, ein Vergleichsgespräch zwischen dem Beauftragten des *Stern* und der Plattenfirma zu vermitteln, lenkte Müller ein. Der Vergleich enthielt unter anderem den Passus, dass das Wochenblatt die Veröffentlichung von Manuelas *Aronda*-LP im Sommer 1977 mit einem Artikel unterstützen wolle.

Im Dezember 1976, flog Manuela zurück in ihre Wahlheimat Bayern und verbrachte einige Wochen bis zum 24. Januar auf dem Berghof.

Als Werner und sie die Bilanz ihrer Gesangskarriere in Deutschland der letzten Jahre zogen, mussten sie ernüchternd feststellen, dass sie kaum noch Einnahmen hatten. *Aronda* war es nicht gelungen, einen Fernsehauftritt zu vermitteln. Die Plattenumsätze bei den ehemaligen Firmen *Telefunken* usw. waren stark zurückgegangen, kein Wunder, von ihnen konnten keine neuen Titel angeboten werden. *Aronda* hatte noch keine Abrechnung geschickt, was nicht schlimm war, weil die vertragliche Vorauszahlung schon stattgefunden hatte. Es müsste etwas geschehen, sonst bestünde die Gefahr, dass Manuela in ihrem Heimatland in Vergessenheit geraten könnte. Aus diesem Grund nahmen sie wieder Kontakt zu Jochen Birr und Günter Müller auf.

Birr und seine Frau Uschi besuchten Manuela zu Neujahr und blieben über Nacht. Der Redakteur schlug vor, an die Öffentlichkeit zu gehen und die Erpressungsgeschichte mit der *Starparade* in der Fernsehzeitschrift *Gong* zu veröffentlichen.

Manuela und Werner waren skeptisch, aber nach langem Hin und Her einverstanden. Als Müller davon erfuhr, war er Feuer und Flamme, wollte sich aber raushalten.

Nachdem Birr vom Chefredakteur des *Gong*, Helmut Markwort, das Einverständnis für die Enthüllungsstory hatte, trafen sich Manuela, Fey und Birr am 22. Januar, einem kalten Wintertag, in der Bauernstube des Berghofes, um den Inhalt der Geschichte zu skizzieren.

Am nächsten Abend, nur wenige Tage vor dem Erscheinen des *Gong*-Artikels, saß Manuela in ihrem alten Kugelsessel im privaten Wohnzimmer, das sich im ersten Stock, direkt neben dem Schlafzimmer mit Bad befand. Sie wollte gerade anfangen, die Koffer für den Flug nach Los Angeles zu packen, als Werner an die Tür klopfte und ihr ein Fax reichte, das er soeben erhalten hatte. Manuela überflog zunächst den Text und bat dann Werner, auf der Couch Platz zu nehmen. „Du, das ist der Vorabdruck unserer Geschichte im *Gong*. Ich lese dir mal vor:

‚ZDF-Redakteur Dieter Weber, rund 5.000 Mark Monatsverdienst, kam durch seine Machtstellung im ZDF zu ansehnlichen Nebeneinnahmen.

Bewegt schilderte der Herr aus Mainz die soziale Not eines Mannes, den sein Schicksal zu einem leitenden Job beim ZDF verdammt: Man verdiene nicht allzu viel dabei, deshalb ginge es ihm wirtschaftlich auch nicht gut. Nicht einmal eine eigene Wohnung könne er sich leisten, sondern müsse zur Untermiete wohnen. Wie gut hätten es dagegen doch andere, singende Künstler zum Beispiel, die doch sehr viel verdienten, wie er von Berufs wegen feststellen konnte.

Der Sozialfall heißt Dieter Weber. Zum Zeitpunkt seines Lamentos war er 41 Jahre alt und leitete damals wie heute die Redaktion von „Hitparade" und „Starparade" der Mainzelmännchen. Als „Mann im Hintergrund, umworben wie kaum ein anderer im deutschen Show-Geschäft", charakterisierte ihn ein Musik-Pressedienst.

Damals jedoch warb der Umworbene selber. Ort der Handlung und Klagemauer für die Webersche Not: das großzügige, beinahe luxuriöse Berliner Haus von Sängerin Manuela. Nach dem einleitenden Wehklagen kam der Gast aus Westdeutschland zur Sache: Manuela, bis dahin fünfmal in der „Starparade" aufgetreten, solle sich doch auf ein sechstes Gastspiel freuen – allerdings unter einer kleinen Bedingung: Zweitausend Mark müsse Weber schon dafür haben, dass er sie wieder auftreten lasse.

Mit Vertrauten besprach die Sängerin das Angebot. Schnell wurde ihr dabei klar, dass für sie nicht die geforderten 2.000 Mark das wichtigste Problem sein konnten, sondern die Frage: Fernsehauftritt oder nicht! Denn Weber hatte keinen Zweifel daran gelassen, dass sich ohne Bargeld keine ZDF-Kamera mehr auf die Sängerin richten würde. So unter Druck gesetzt und ohnehin schon Ungutes im Umgang mit Fernseh-Herren gewohnt, ließ sie sich zum Zahlen überzeugen.

So kam es, dass am 21. Oktober 1971 ein Beauftragter von Manuela mit 2.000 Mark in der Tasche zum Grand Prix von Radio Luxemburg reiste. Gast der gleichen Veranstaltung war auch Dieter Weber. Auf der Herrentoilette im Foyer des Luxemburgischen Theaters wechselten dann zwei Tausendmarkscheine den Besitzer. Weber dankte dem Überbringer und bedankte sich später noch einmal ausführlich bei der Künstlerin selbst.

Der Gegenwert fürs Geld ließ nicht lange auf sich warten: Knapp einen Monat später, am 18. November 1971, sang Manuela in der „Starparade" den englischen Schlager von den läutenden Hochzeitsglocken.

Doch trotz Manuelas kleinem Obolus schien sich Dieter Webers Finanzlage nicht wesentlich gebessert zu haben. Knapp anderthalb Jahre später war deshalb Manuela mal wieder dran. Ihr Schaden solle eine kleine Spritze für Webers Portemonnaie nicht sein, versicherte der Redakteur. Er werde einfach – so habe er schon bei der ersten Zahlung versprochen – das Auftrittsgeld der Sängerin um den geforderten Betrag erhöhen. Damit kein Mainzer Kassenwart daran Anstoß nehmen konnte, hatte sich Weber eine Begründung für die Gagen-Anhebung zurechtgelegt: Manuela sorgt selbst für ihre Kostüme und bringt auch ihr eigenes Playback-Band mit – letzteres eine Leistung, die Sänger oder deren Plattenfirmen fast regelmäßig für das ZDF erbringen.

Am 22. März 1973 trat die Künstlerin mit einem Musical-Medley in Wiesbaden in der „Starparade" auf. Manuelas erhöhte Gage: DM 9.500,-. Weber-Abteil daran: DM 3.000,-. Seinen Schnitt zahlte nicht die Sängerin, sondern der öffentlich-rechtliche Gebührentopf der Mainzer.

Schon wenig später schien Webers Finanzlage erneut eine dramatische Wende zum Schlechteren durchgemacht zu haben, denn er überraschte mit einem neuen Vorschlag: Manuela solle eine 45-Minuten-Show im ZDF erhalten. Dafür seien allerdings 20.000 Mark fällig.

Ein stolzer Preis, das müsse er zugeben. Aber wenn man an die Werbewirkung solch einer Sendung denke, wäre es eigentlich nicht zu viel. Außerdem sei solch eine Show eine Sache, die er nicht ganz allein entscheiden könne. Falls er das dennoch durchsetzen könne, müsste er eben auch mehr Geld erhalten.

Zu Zahlung und Sendung kam es nie. Denn bei Manuela hatte sich inzwischen die Erkenntnis durchgesetzt, dass ihr – Fernsehauftritte hin oder her – gekaufte Gastspiele die Freude an ihrer Arbeit nahmen. Außerdem wollte sie nichts tun, was ihr nach einigem Überlegen als „unlauter" vorkam – wie ein Betrug an ihrem Publikum und an sich selbst. Bei Webers nächster Kontaktaufnahme in Sachen Geld und Gesang ließ die Sängerin ihm diesen Entschluss mitteilen.

Doch wie nett die Ablehnung auch formuliert war – Weber reagierte sauer. Manuela, einst meistbeschäftigter Star der „Starparade" trat nach der Wiesbadener Show nie wieder in der Sendung auf. Aus Freund Weber, dem Bedürftigen, war Feind Weber, der Geschäftsmann geworden.

Kein Geld – keine Ware, heißt im Geschäftsleben die Formel dafür. Nur, dass Webers Ware „Fernsehauftritt" nach allen Regeln von Anstand und Sitte, nach seinem Anstellungsvertrag und laut ZDF-Staatsvertrag nie zum Verkauf hätte stehen dürfen.

Mehrere Jahre beugten sich Manuela und ihr Management dem Weber-Boykott. Dann bat die Sängerin in mehreren Briefen an ZDF-Intendant Holzamer um Überprüfung der Gründe für immer neue Ab-

lehnung von Manuela-Auftritten in der „Hitparade". So schrieb sie am 1. Oktober 1976 an den ZDF-Boss: „Ich möchte Sie, ohne zum jetzigen Zeitpunkt auch den von mir in einigen Fällen äußerbaren Vorwurf der Korruption zu erheben, an den Fall Jean Thomé erinnern."
Thomé hatte, wie Gong aufdeckte, von dem Schweizer Tenor Alfredo Corda 2.000 Mark für dessen Auftritt in „3 mal 9" kassiert.
Auf diesen Brief an Holzamer erhielt Manuela nie eine Antwort. Auch eine Eingabe ihrer Schallplattenfirma an das Bundeskartellamt konnte den Zustand nicht ändern. In dieser Situation entschloss sie sich, dem Gong die Hintergründe des ZDF-Skandals zu enthüllen.
Manuela: „Ich tue das nicht gern. Aber die jetzt entstandene Situation ist nicht mir zuzuschreiben, sondern den Leuten, die mir keine andere Wahl mehr lassen, als ihre Methoden an die Öffentlichkeit zu bringen. Ich bin auch meinen Fans eine Erklärung schuldig, die mich nie mehr in der „Hitparade" oder der „Starparade" gesehen haben.
Dieter Weber, bisher nur stellvertretender Unterhalter, kann sich inzwischen auf eine legale Gehaltsaufbesserung freuen. In der Musik-Branche pfeifen die Spatzen von den Dächern, dass noch in diesem Jahr mit einer vorzeitigen Pensionierung seines Vorgesetzten Müller-Ruzika zu rechnen sei. Verlässt der das ZDF, kann der ehemalige Freizeitheim-Leiter der US-Armee Dieter Weber auf Müller-Ruzikas Stuhl und Einkommen hoffen. Weber, inzwischen 47 und mit rund 5.000 Mark besoldet, könnte dann etwa 7.000 Mark verdienen. Hoffentlich genug Geld, um andere Schlagerstars vor seinen Gefälligkeiten zu schützen.'
Das war's", ergänzte Manuela und lehnte sich in ihrem Sessel zurück. Anschließend diskutierten beide noch eine Weile über den Inhalt des gerade Gelesenen, fanden aber keine gravierenden Fehler. Ob die Zeitangaben alle stimmten, konnten sie nicht mit Bestimmtheit bestätigen, hielten das aber auch nicht für so wichtig.
Manuelas Kommentar: „Hoffentlich hilft's!"
Dem Gong meldete sie keine Einwände gegen die Veröffentlichung.

Am 12. Februar 1977 in Heft 7 erschien dann der Artikel. Auf dem Titelblatt stand *Manuela enthüllt Bestechungsskandal: ZDF-Redakteur nahm Schmiergeld* und auf den Seiten 10 und 12 *Ich musste für die Starparade Schmiergeld bezahlen.*

10

Landgericht

In der Folgezeit gab es gewaltige Reaktionen auf den *Gong*-Artikel. Die Leser des Blattes standen fast zu hundert Prozent auf Manuelas Seite und verurteilten die Machenschaften des Fernsehredakteurs. Die übrige Presse nahm den Skandal süffisant auf und berichtete darüber. Der *Spiegel* schrieb zum Beispiel einen achtseitigen Artikel mit der Überschrift *ZDF im Würgegriff*.

Von Manuela persönlich erfuhren die Medien nichts Neues, da sie mit dem *Gong* einen Exklusivvertrag abgeschlossen hatte.

Das ZDF reagierte ebenfalls. Wie Manuela später erfahren sollte, stellten die Herren des Fernsehsenders interne Ermittlungen gegen Dieter Weber an, die allerdings angeblich keine Beweise für Manuelas Vorwürfe erbracht haben sollen.

Das haben die bestimmt nicht gründlich genug gemacht, dachte Manuela erbost. Die wollen doch nur ihren Mitarbeiter schützen.

Immerhin gab es einige Zeit später eine kleine Veränderung. Weber wurde zunächst von allen Aufgaben beim Sender freigestellt. In der *ZDF-Hitparade* entfiel für ein paar Sendungen der Dieter-Thomas-Heck-Schrei während des Abspanns: *Redaktion Dieter Weber*.

Der *Aronda*-Chef Müller handelte auf seine Weise. Er schrieb am 15. Februar einen Brief an den Staatsanwalt Schreiner in Mainz, der die Untersuchungen gegen Weber leitete, sowie am 3. März einen offenen Brief an den Bundeskanzler, den Bundeswirtschaftsminister und die Ministerpräsidenten der Länder und klagte die Fernsehanstalt an. Plötzlich war Günther Müller ein bekannter Mann, sein Name erschien in der Presse.

Manuela freute sich über das Engagement, war aber am Ende enttäuscht, weil es ein *Schuss in den Ofen* war, wie sie sich Freunden gegenüber äußerte, als ihr klar geworden war, dass Müller nicht ernst genommen wurde.

Einige Zeit später, Manuela war zurück aus Amerika, wo sie in Albuquerque Aufnahmen für eine Country-LP gemacht hatte, bekam sie Post. Sie komponierte gerade in ihrem Arbeitszimmer neben der Terrasse, als Werner sie bei der Arbeit am Flügel unterbrach.

„Du hast einen Brief mit Zustellungsurkunde vom Landgericht Mainz bekommen. Das klingt stark nach *Mainzelmännchen*. Was die wohl wollen?"

Hoffentlich keine Klage, war ihr erster Gedanke, und sie fing am ganzen Körper an zu zittern. „Mach ihn bitte auf und lies mir alles vor! Ich bin jetzt nicht in der Stimmung."

Werner setzte die Brille auf. Die Hände zitterten, als er den Umschlag aufriss und das Schreiben hervorholte.

Manuelas Unruhe nahm sichtlich zu, als sie ihren aufgeregten Manager beobachtete.

Feys Gesicht wurde leichenblass, als er anfing zu lesen:

„Zweites Deutsches Fernsehen, Anstalt des öffentlichen Rechts, vertreten durch den Intendanten Botschafter a. D. Dr. von Hase, ..., Klägerin, gegen 1) Doris-Inge (Manuela) Wegener, ..., 2) Gong-Verlag GmbH, ..., 3) Helmut Markwort, Chefredakteur, ..., Beklagte, wegen Unterlassens übler Nachreden und Veröffentlichung."

Manuela, immer noch zitternd, spitzte die Ohren. „Jetzt bin ich aber gespannt, was die mir vorwerfen."

„Hör zu!

Die Klägerin beantragt, die Beklagte zu verurteilen, es zu unterlassen, zu behaupten, zu verbreiten, behaupten oder verbreiten zu lassen, durch Aufstellen von Tatsachenbehauptungen in Wort und Bild den Eindruck zu erwecken oder erwecken zu lassen: Manuela habe in der

ZDF-Starparade Schmiergelder zahlen müssen, insbesondere der ZDF-Redakteur Dieter Weber habe von Manuela für einen Auftritt in der ZDF-Starparade vom 10. November 1971 2.000,- DM gefordert und entgegengenommen, für einen Auftritt in der ZDF-Starparade vom 22. März 1973 3.000,- DM gefordert und entgegengenommen, für eine ‚45-Minuten-Show' im ZDF 20.000,- DM gefordert; als sie nicht zahlen wollte, sei sie schlagartig aus den Abendsendungen des ZDF verschwunden; und die Beklagte zu 2) zu verurteilen, den verfügenden Teil des Urteils in der nächsten Ausgabe der Fernsehzeitschrift Gong an einem Ort, der dem Beitrag ‚Ich musste für die Starparade Schmiergeld zahlen' (Gong Nr. 7/77 vom 12.2./18.2.77 S. 10ff) gleichwertig ist, zu veröffentlichen."

„Da habe ich doch nichts zu befürchten, Werner. Oder? Wir haben nichts als die Wahrheit geschrieben", wendete Manuela sich mit leiser Stimme an ihren Manager. Richtig wohl war ihr anscheinend immer noch nicht bei der Sache. Auf ihrer Stirn hatte sich Schweiß gebildet.

Werner schluckte. „Das kriegt unser Anwalt in München sicher in den Griff." Ganz geheuer schien ihm die Sache ebenfalls nicht zu sein. Er versuchte dennoch, Manuela zu beruhigen. „Du brauchst keine Angst zu haben." Dann, etwas verlegen: „Wir rufen jetzt Jochen Birr, den *Gong* und Günther Müller an. Mal sehen, was die sagen." Was Besseres war ihm in dieser für beide unangenehmen Situation nicht eingefallen.

Manuela las nun selber den Brief, schüttelte mehrmals den Kopf und legte das Schreiben schließlich beiseite. Nein, nein, nein, das darf nicht wahr sein!, dachte sie. Eigentlich wollte sie noch Fanpost bearbeiten. Aber ihr war die Lust vergangen. Inzwischen hatte sich nämlich ein riesiger Sack voll angesammelt, so viele Briefe, als wäre sie zuvor im Fernsehen aufgetreten. Gelesen hatte sie schon alle, aber noch nicht beantwortet. Die Reaktion der Fans auf ihre Enthüllung war fast ausschließlich Zustimmung, worüber sie sehr erfreut war.

Günther Müller reagierte sauer, als Manuela ihn anrief, weil sich seine Schallplatten nicht von selbst verkauften. Stapelweise hatte er die Plattenkartons in seiner Waschküche deponiert. „Manuela, du bist ja immer noch nicht im Fernsehen", beschwerte er sich. „Was soll ich mit deinen Singles machen? Du hast dein Geld, ich habe den Schaden. So geht das nicht!"

„Ich kann nicht dafür, wenn du keinen ordentlichen Vertrieb hast", konterte die Sängerin. „Denk daran, ich bin allen Verpflichtungen aus dem Vertrag nachgekommen. In deinem Brief an mich vom 28. März – er liegt gerade auf meinem Tisch – hattest du mir das noch ausdrücklich bestätigt." Nach diesem denkwürdigen Telefonat ahnte Manuela, dass ein neues Problem auf sie zukam.

Sie sollte recht behalten. Es geschah etwas Unglaubliches, etwas, mit dem sie überhaupt nicht gerechnet hatte und sie in der jetzigen Situation auf keinen Fall gebrauchen konnte. Müller verklagte Manuela wegen angeblicher Nichteinhaltung des Schallplattenvertrages. In einer Eidesstattlichen Versicherung im Mai behauptete er, sie habe Termine im April nicht erfüllt und vereinbarte Produktionen nicht abgeliefert. Außerdem reichte er dem Gericht eine falsche Abtretungserklärung ein. Müllers Partner, der Apotheker Otto Weinmann, bewirkte einen Dinglichen Arrest gegen die Sängerin.

Manuela konnte trotz ihrer schmerzlichen Betroffenheit unter anderem mit Hilfe einer Bahnquittung beweisen, dass die Behauptungen nicht der Wahrheit entsprachen, da ihr Bruder Klaus nach Absprache mit Müller diesem am 6. April die Waren übersandt hatte. Außerdem konnte sie die richtige Abtretungserklärung bei Gericht vorlegen. Sie bewirkte daraufhin ein Strafverfahren wegen falscher Eidesstattlichen Versicherung gegen Müller und Weinmann.

Etwa zur gleichen Zeit muss bei Günther Müller ein Sinneswandel stattgefunden haben. Er machte eine Kehrtwendung und arbeitete an allen Fronten gegen Manuela. Aus dem Ankläger gegen das *ZDF* wurde der Kronzeuge der Fernsehanstalt. Das Fernsehen versuchte daraufhin, Müller als Zeugen vor Gericht zugelassen zu bekommen. Die Richter verzichteten jedoch auf den *Aronda*-Chef. Damit gab dieser sich nicht zufrieden. Er setzte Rechtsanwälte gegen Manuela in Aktion und in Zusammenarbeit mit Reginald Rudorf wurden ständig Verleumdungen über dessen Mediendienst *Rundi* verbreitet.

Diese wöchentlich erscheinende Zeitschrift, die sich selbst als Deutschlands *größter Musik- und Mediendienst* bezeichnet, wendet sich speziell an Verlage, Künstler, Plattenfirmen, Konzertveranstalter, Tages- und Wochenzeitungen usw.

So ließ Müller beispielsweise seinen Brief an den stellvertretenden *ZDF*-Justitiar Dr. Konrad in *Rundi* veröffentlichen:

... Aufgrund der diversen von Manuela lancierten unwahren Berichte in dafür bekannten Blättern der deutschen Regenbogenpresse können Sie bereits jetzt dem Gericht mitteilen, dass ich Folgendes beweisen werde: Ex-Löterin Manuela (Seeg), deren mittelloser ‚offenbarungsvereidigter' Manager Werner Fey (Seeg), Ex-Rechtsanwalt Dr. Carlo Scheiber (Memmingen-Liechtenstein) und Noch-Bankier Günter Hagen (München) sind Lügner und Betrüger. – Im heutigen China würde man diese Gruppe als ‚Viererbande in der Showbranche' bezeichnen, wenn es dort eine solche gäbe. – Seien Sie versichert, dass ich auch dem unter Profilierungsneurose leidenden professionellen Lügner und Branchen-Verleumder Jochen Birr (Nachrichten-Redakteur des speziellen Fernehblättchens GONG) beim Gericht in meiner Eigenschaft als Zeuge die Maske vom Gesicht reißen werde.

Manuela war außer sich vor Wut, nachdem sie den Artikel gelesen hatte, und hätte Müller am liebsten umgebracht – natürlich nur in Gedanken. Von den USA aus versuchte sie, so gut es ging, gegen solche Untaten gerichtlich vorzugehen. In dieser Sache stand dann im Endurteil des Landgerichts München, Manuela gegen *Rundi*, unter anderem:

Der Verfügungsbeklagten Rundi wird verboten, zu verbreiten oder verbreiten zu lassen, 1. Ex-Löterin Manuela ist eine Lügnerin und Betrügerin, 2. Im heutigen China würde man diese Gruppe (Manuela und andere) wahrscheinlich als ‚Viererbande der Showbranche' bezeichnen.

Manuela bekam zwar auch in allen anderen Verleumdungsfällen recht, in Bezug auf ihre Karriere in Deutschland hatten diese falschen Berichte trotzdem verheerenden Schaden angerichtet.

Wie ging es nun mit der Klage des ZDF weiter?

Als diese vor der 4. Zivilkammer des Landgerichts Mainz verhandelt wurde, waren als Zeugen auf Seiten der Beklagten Werner Fey und Jochen Birr geladen. Auf Seiten des ZDF war es Dieter Weber. Dieser bestritt alle Vorwürfe. Manuela bestand darauf, dass der Inhalt der Zeitungsgeschichte in allen Punkten der Wahrheit entspreche. Es stand Aussage gegen Aussage.

Das Gericht entschied am 14. November 1977, Manuela war längst schon wieder in den USA, um weitere Plattenproduktionen vorzunehmen:

Die Klage wird abgewiesen. Die Klägerin hat die Kosten des Rechtsstreits zu tragen. Das Urteil ist wegen der Kosten für die Beklagten gegen Sicherheitsleistung in Höhe von 8.400,- DM vorläufig vollstreckbar.

Manuela umarmte ihren Manager, nachdem sie diese Sätze gelesen hatte. „Jetzt interessieren mich noch die Gründe, warum man uns und nicht Weber geglaubt hat", lachte sie Werner an.

Der hatte den Text inzwischen ebenfalls gelesen und tönte: „Ich bin nun mal glaubwürdiger als so ein Fernsehheini. Wie der schon mit hochrotem Kopf vor dem Richter gesessen hat. Dem sah man doch seine Schuld an, bevor er nur einen Ton gesagt hatte."

„Hier steht es!", rief Manuela und las vor:

Der Zeuge Fey hat diese Vorwürfe, so wie sie im Einzelnen auf S. 6 – 8 d. U. wiedergegeben sind, über Jahre hinweg in immer gleichbleibender Form vorgebracht, zunächst in Andeutungen gegenüber dem Zeugen Birr, dann in einer eingehenden Wiedergabe des Geschehens gegenüber dem Zeugen Birr, sodann in dem von Amts wegen durch die Staatsanwaltschaft Mainz gegen den Zeugen Weber wegen Bestechlichkeit eingeleiteten Ermittlungsverfahrens und schließlich als Zeuge vor dem erkennenden Gericht."

Werner ergänzte: „Hier findest du die ausführliche Begründung, warum das Gericht Weber nicht geglaubt hat. Der letzte Satz lautet:

Nach alledem ist die Aussage des Zeugen Weber nicht geeignet, die in sich geschlossene und glaubhafte Darstellung des Zeugen Fey zu widerlegen."

„Der Zeuge Fey ist schon ein toller Hecht", murmelte Manuela und lächelte dabei ihren Manager verschmitzt an. Dann war sie auf einmal ganz still.

„Was ist los?", wollte Werner wissen.

Manuela schluckte. „Wenn die in Berufung gehen, was dann?"

Werner versuchte, seinen Schützling zu beruhigen. „Dann verliert das ZDF zum zweiten Mal. Lass uns jetzt erst mal auf den Erfolg anstoßen, um den Schreck zu vergessen, den uns das Fernsehen eingejagt hatte."

„Ja, lass uns den Sieg über Dieter Weber feiern!", pflichtete Manuela ihm bei.

Werner besorgte eine Flasche *Mumm* aus dem Kühlschrank. Manuela hatte inzwischen zwei Gläser geholt. Werner öffnete den Verschluss mit einem Knall und goss ein. Zufrieden prosteten sie sich zu und tranken den Sekt in einem Zug.

Es dauerte nicht sehr lange, bis sich das Oberlandesgericht in Koblenz bei der Sängerin meldete. Das ZDF war, wie befürchtet, in die zweite Instanz gegangen und versuchte zu erreichen, dass das Urteil des Landgerichts Mainz aufgehoben würde.

Manuela und Werner hätten es zu dieser Zeit nicht für möglich gehalten, dass sie das Endergebnis erst im Jahre 1980 erfahren sollten. Bis dahin würde noch viel geschehen, nicht nur Gutes, sondern auch Bitterböses.

Was ist in der Zwischenzeit geschehen?

In den USA konnte Manuela die erhoffte zweite erfolgreiche Karriere nicht aufbauen. Ein Hindernis war Werner, der kein Englisch sprach, sich aber bei allen großen US-Managern der Musikbranche, die Manuela unterstützen wollten, mit seiner Berliner Schnauze unbeliebt machte.

„Warum hältst du dich nicht raus? Du vergraulst mir alle Leute", musste er sich häufig Manuelas Kritik anhören.

„Die haben keine Ahnung", war jedes Mal sein Kommentar.

Diese einflussreichen Leute zogen sich dann zurück, weil sie sich von einem in den USA unbedeutenden Mann wie Werner nichts sagen lassen wollten.

Werner war zudem auf alle Männer, die sich für Manuela persönlich interessierten, wie zum Beispiel Cary Grant, eifersüchtig und torpedierte das jeweilige persönliche Verhältnis.

Es blieben eine Reihe von Schallplatten-Produktionen, die bei *Amos-Records* und *CMH-Records* veröffentlicht, aber mit wenig Erfolg verkauft wurden. Diese Aufnahmen nahm sie, als sie 1979 endgültig Amerika den Rücken kehrte, mit nach Deutschland, wo sie die Titel bei der österreichischen Plattenfirma *Tyrolis* und unter ihrem neu gegründeten eigenen Label *Manuela Sound Musik Produktion* herausbrachte.

Ihr Haus in Eagle Rock, Los Angeles, das sie so sehr geliebt hatte, war längst aus Geldmangel verkauft worden.

In Deutschland ging unterdessen Müllers Vernichtungsfeldzug gegen Manuela weiter.

„Der will sich nur eine gute Position beim Fernsehen verschaffen und seinen Namen in Presseschlagzeilen finden", sagte Manuela eines Morgens schlecht gelaunt am Frühstückstisch zu Werner.

„Ja, du hast recht. Deshalb hat er willkürlich Strafanzeigen gegen dich, deinen Bruder, Jochen Birr und andere gestellt. Du weißt, dass alle eingestellt wurden."

„Mir wurden von ihm arglistige Täuschung und Betrug vorgeworfen", seufzte Manuela.

„Ein Landgericht in Hessen hat sich gerade in einem Urteil gegen Müller mit dessen Vorwürfen beschäftigt. Nicht einen einzigen hatte dieser beweisen können."

Manuela war empört. „Dieses Schwein!"

Werner beruhigte sie.

Plötzlich sagte sie in bitterernstem Ton: „Ich will aus dem *Aronda*-Plattenvertrag raus!"

Werner stimmte ihr zu. „Ich kümmere mich drum."

Müllers Kompagnon Weinmann hatte währenddessen für *Aronda* schon wegen des Schallplattenvertrags von 1976 gegen Manuela geklagt.

Um endlich Ruhe vor Müller zu haben, bot Manuela in der Klageerwiderung einen Vergleich an, dem alle Beteiligten am 3. Mai 1978 vor dem Landgericht Kempten zustimmten. Manuela verzichtete in diesem Vergleich auf dreihunderttausend Mark, so dass ihr nur einhundertfünfzigtausend aus dem Plattenvertrag blieben. Außerdem überließ sie Müller die weiteren Auswertungsrechte der beiden Singles, die von *Aronda* bereits veröffentlicht waren. Die LP-Titel blieben jedoch in ihrer Hand.

Nach diesem Vergleich, von dem sich Manuela endlich Ruhe vor ihrem Peiniger erhofft hatte, ging dessen Kampagne weiter. Er fertigte am 15. September 1979 einen Lieferschein mit folgendem Text an:

Sehr geehrte Herren, hiermit liefere ich Ihnen das allerneuste Aronda-Produkt: Schallplatten zum Abheften. Mit freundlichen Grüßen – Günther Müller.

Dazu legte er die beiden Manuela-Singles, die er zuvor mit einem Locher unbrauchbar gemacht hatte. Das Ganze schickte er an Zeitungsredaktionen, natürlich auch an *Rundi.* Süffisant druckte Reginald Rudorf die Geschichte ab. Es machte ihm offensichtlich Spaß, Manuela zu schaden. Bis in die USA verfolgten Manuela die Verleumdungen und Verunglimpfungen. Müller rief ihren US-Produzenten an, um sie verächtlich zu machen. Das Zusammenspiel zwischen Müller und Rudorf funktionierte bis ins Kleinste. Dabei nahm der *Aronda*-Chef sogar in Kauf, dass Rudorf, wenn dieser bei Gericht wegen der Müller-Veröffentlichungen in Bedrängnis geriet – so geschehen beim Land- und Oberlandesgericht in München -, Müller als *branchenbekannten Spinner* hinstellte und ihm sogar *Geistesgestörtheit* unterstellte. Dies wurde festgehalten in einem rechtskräftigen Urteil.

Im August 1979 rief Manuela Achim an, zu dem sie immer noch Kontakt hatte. Sie hatten sich längere Zeit nicht gesehen, weil Achim wegen Prüfungen wenig Zeit hatte, wohl aber gelegentlich telefoniert. Er war inzwischen ausgebildeter Mathematiklehrer mit Staatsexamen an einem Gymnasium.

„Hallo, Achim, du hast doch Sommerferien. Willst du mich nicht mal eine Woche auf dem Berghof besuchen? Du kannst hier wohnen Ich habe ein Zimmer für dich."

Achim erstaunt: „Hallo, Manuela, das ist eine Überraschung, dass du anrufst. – Danke für die Einladung! Eine Woche Zeit habe ich schon noch. – Du führst doch was im Schilde, oder?"

„Na, das wirst du schon sehen. Komm erst mal!"

Am übernächsten Tag hielt Achim mit seinem Audi vor Manuelas großem Grundstück, das fünf Kilometer außerhalb von Seeg auf einem Berg lag: Berghof Goimenen. Nachdem er geklingelt hatte, kam Manuela aus dem Haus. Da es ein heißer Sommertag war, trug sie blaue Hot Pants und ein gelbes, knappes T-Shirt, das nur bis zum Bauchnabel reichte. Sie kettete Barry, ihren bissigen Schäferhund, an seiner Hütte an und öffnete das Gartentor, damit das Auto hinters Haus, wo sich ein Parkplatz befand, gefahren werden konnte. Nach einer herzlichen Begrüßung mit Umarmung gab es erst mal was zu essen und zu trinken. Königsberger Klopse hatte Manuela extra für ihren Gast zubereitet. Sie wusste, dass er das Gericht liebte.

Dann unterhielten sie sich eine Weile im Bauernzimmer über dieses und jenes. Gegen Mitternacht rückte sie mit ihrem Anliegen heraus: „Du, Achim, ich habe zwei Bitten. Kannst du mir bei den Vorbereitungen für die Verhandlung am Oberlandesgericht in Koblenz mit Ratschlägen behilflich sein und zum Termin Werner und mich begleiten? Dann geht es noch um mein neues Label *Manuela Sound Musik Produktion*." Sie fragte Achim, ob er ihr beim Aufbau der Firma helfen könnte.

Sie diskutierten noch lange über beide Themen, bis sie eine Flasche Wein geleert hatten und gegen drei Uhr nachts zu Bett gingen, damals selbstverständlich noch jeder in sein eigenes.

War das nach einer jahrelangen wunderbaren Bekanntschaft der *Beginn einer wunderbaren Freundschaft*, oder mehr?

11

Oberlandesgericht

Ab August 1979 war Achim häufig bei Manuela zu Besuch, trotz der langen Anreise. Er kam an Wochenenden, blieb auch länger, bis zu sechs Wochen, wenn Schulferien waren. Nachdem er die von Manuela überreichten Unterlagen zum Fernsehprozess gelesen hatte, wollte sie einen Rat von ihm hören, wie sie sich vor Gericht verhalten sollte.

„Leider kann ich dir in der Sache kaum helfen", war seine enttäuschende Antwort.

Sie schluckte. „Wirklich nicht?"

„Auf jeden Fall müssen Werner und du streng darauf achten, dass ihr inhaltlich gleichlautende Erklärungen abgebt. Die Zeitangaben, wann was war usw., müssen unbedingt stimmen. Ich weiß, dass das nicht einfach ist, weil alles schon Jahre zurückliegt."

Manuela nickte und seufzte.

„Widersprüchliche Zeitangaben könnten verhängnisvoll für dich sein."

Auf Manuelas Frage, ob Achim denn wirklich zur Verhandlung nach Koblenz komme, um sie wenigstens moralisch zu unterstützen, bekam sie von ihm ein klares Ja zur Antwort.

Am 16. Oktober 1980 war es dann soweit. Die Geladenen saßen versammelt im Gerichtssaal des Koblenzer Oberlandesgericht: Manuela, ihr Münchener Rechtsanwalt, die Zeugen Fey, Birr und Weber sowie die Anwälte des *ZDF*.

Achim hatte Wort gehalten, war aus Düsseldorf angereist. Er saß neben Manuela und unterhielt sich mit ihr, bevor der Richter die Sitzung eröffnete.

„Achim, schau dir diesen Weber an", flüsterte Manuela ihm ins Ohr, damit es sonst niemand hören konnte. „Dieses verlogene Gesicht. Hochroter Kopf. Stiert nur geradeaus, als wenn er sturzbesoffen wäre. Das schlechte Gewissen in Person."

Achim nickte und drückte ihren Arm. Er beugte sich zu ihr rüber, lächelte und sprach ebenfalls sehr leise. „Manuela, du hättest vorhin im Gerichtsflur sein müssen. Da lief der Müller wie ein Bahnhofspenner herum, ohne Jacke, Hemd halb über der Hose, in der einen Hand eine angebrochene Sprudelflasche, aus der er wiederholt einen Schluck nahm. Ebenfalls hochrotes Gesicht. Unsteter Blick. Man könnte meinen, er hätte hochgradig Diabetes."

Manuela hämisch und etwas lauter: „Der ist sauer, weil das Gericht ihn auch diesmal nicht als Zeugen zugelassen hat."

„Süße, sei ruhig!", fuhr Werner dazwischen. „Die fangen gleich an."

Manuela hob drohend ihren Zeigefinger. „Ich bin nicht deine Süße. Sprich nicht mit mir, als wäre ich ein kleines Kind!"

Werner Fey gab Ruhe, die Sitzung begann.

Manuela hatte während der Gerichtsverhandlung das Gefühl, dass alles sehr ähnlich verlief, wie in der ersten Instanz. Etwas irritierte sie jedoch und machte sie nervös. Sowohl Werner als auch sie wurden permanent nach Zeitdaten gefragt. Beide bekundeten, dass es ihnen schwerfiele, sich nach so langer Zeit genau zu erinnern.

Das ließ der Richter nicht gelten. „Wer sich an den genauen Ablauf der angeblichen Bestechungsgeschichte erinnert, muss auch wissen, an welchen Tagen die Geldübergaben stattgefunden haben."

Als Manuela vom Richter gefragt wurde, ob sie ein intimes Verhältnis mit Werner Fey habe, antwortete sie zunächst nicht. Der wiederholten Frage entgegnete sie: „Das geht das Gericht nichts an." Ein Fehler, wie ihr Achim später bescheinigte.

Werner blieb bei der Vernehmung gelassener. Allerdings verhedderte er sich ebenfalls mehrmals, als es um Zahlen, Bargeld oder Scheck ging. Als er dem Richter auf dessen Frage nach dem angeblichen Bestechungsgeld antwortete, er habe zwei Tausendmarkscheine in seiner Hosentasche getragen, rief dieser empört: „Herr Fey, Sie sind unglaubwürdig! Kein Mensch trägt zweitausend Mark in der Hosentasche. Dazu hat man eine Brieftasche."

„Ich nicht!", entgegnete Fey zornig.

Die Vernehmungen wurden immer mal wieder vom Richter unterbrochen, damit der Gerichtsprotokollant seine Aufzeichnungen vorlesen konnte.

Als Achim einmal bemerkte, dass im Protokoll das genaue Gegenteil von dem stand, was zuvor gesagt worden war, und niemand einen Einwand erhob, wendete er sich an Manuelas Rechtsanwalt.

Dieser fertigte Achim lapidar ab. „Als Zuhörer haben Sie hier gar nichts zu sagen."

Nach der Gerichtsverhandlung nahm Manuela Achim im Gerichtsflur beiseite. Mit hängenden Schultern gestand sie ihm in weinerlichem Tonfall: „Heute Morgen war ich noch siegessicher. Aber nach dieser Show bin ich nicht mehr zu hundert Prozent davon überzeugt, dass ich diesen Prozess gewinne."

Achim gelang es nicht, sie zu trösten. „Ich will nicht unken, aber ich hatte das Gefühl, der Richter stand nicht auf deiner Seite."

Manuela schreibt noch am gleichen Abend in ihr Tagebuch: *Weber log, dass sich die Balken bogen.*

Am 13. November wurde das Urteil verkündet:

Auf die Berufung der Klägerin wird das Urteil der 4. Zivilkammer des Landgerichts Mainz vom 14. November 1977 abgeändert.

Die Beklagten werden verurteilt zu unterlassen, zu behaupten sowie behaupten oder verbreiten zu lassen, sei es in Wort oder Bild: Der ZDF-Redakteur Weber habe von der Beklagten Wegener („Manuela") für Auftritte in der ZDF-Starparade Schmiergeld verlangt und teilweise auch erhalten ... Jedem Beklagten wird für den Fall der Zuwiderhandlung angedroht, dass gegen ihn ein Zwangsgeld bis zu 50.000,-- DM verhängt wird; sollte das Zwangsgeld nicht beigetrieben werden können, dann tritt anstelle von je 500,-- DM ein Tag Haft.

Der beklagte Verlag wird ferner verurteilt, diesen Urteilsausspruch in einer Ausgabe der Fernsehzeitschrift GONG, die innerhalb eines Monats nach Rechtskraft des Urteils erscheint, an einem Ort zu veröffentlichen, der dem Beitrag ‚Ich musste für die Starparade Schmiergeld zahlen' gleichwertig ist.

Die Kosten des gesamten Rechtsstreits tragen die Beklagten. ...

Es war 14 Uhr, Manuela war gerade im Königshof in München, als sie die niederschmetternde Nachricht erfuhr. *Ich war am Boden zerstört*, schrieb sie noch am gleichen Abend in ihr Tagebuch.

Gut zwei Wochen später – sie hatte sich ein wenig beruhigt – kam Achim zu Besuch. Allerdings ein Besuch mit Hindernissen. Weil Seeg eingeschneit war, konnte er mit seinem Auto nicht direkt den Berghof erreichen. Er telefonierte im Ort mit Manuela, und die besorgte ihm eine Übernachtungsmöglichkeit im Gasthof *Rössle*. Obwohl er nur vier Kilometer vom Ziel entfernt war, konnte er am anderen Morgen nicht mit seinem Wagen zum Berghof. Die Wege waren so verschneit, dass man sie nicht mehr erkennen konnte. Manuela organisierte ein Räumfahrzeug, mit dem der Besuch transportiert werden konnte.

Für Gespräche blieben dann leider nur noch zwei Tage, da Achim zurück zur Schule musste. Während dieser Zeit machten sie es sich in der warmen Stube im Berghof gemütlich, beschäftigten sie sich unter anderem mit dem Koblenzer Urteil.

„Ich blicke beim Gerichtsurteil nicht überall durch, es sind immerhin 87 Seiten", gestand Manuela. „Nenn mir mal einen Grund, warum die uns nicht geglaubt haben, sondern Weber."

Achim grübelnd: „Mir geht es ähnlich. Ein Grund ist, dass das Gericht Fey nicht glaubte. Der hat zum Beispiel zwei sich widersprechende Daten der Geldübergabe im Luxemburger Foyer angegeben. Einmal soll es der 19.10.1971, der Ankunftstag, ein anderes Mal der 21.10.171, der Schlusstag gewesen sein. Das widerspricht deiner eidesstattlichen Erklärung, dass es der letzte Tag nach den Proben vor dem Auftritt gewesen sein soll."

„Wieso ist das so wichtig?"

„Hier lies! Seite 45 unten:
Bei diesen Abweichungen im Datum handelt es sich nicht nur um ein Vergreifen in der Tagesbezeichnung, was nach so langer Zeit verständlich wäre. Hinter diesen beiden Datenangaben verbirgt sich vielmehr ein völlig abweichender Geschehensablauf. ... Wie der Zeuge Birr bekundet, sind ihm die Daten seines ‚Gong'-Artikels von dem Zeugen Fey genannt worden; die Beklagte soll ihm darüber hinaus die Luxemburger Ereignisse geschildert haben. Wenn also jemand dem Zeugen Birr ein Datum für die Geldübergabe genannt hat, müsste es Fey gewesen sein, der später dann auf einer anderen Zeitangabe besteht ... "

„Mir war aufgefallen", unterbrach Manuela Achims Vortrag, „dass der Richter kein Englisch verstand, obwohl das von Bedeutung war für den Prozess. Er sagte immer nur *Äh?*, wenn ich auch nur ein Wort auf Englisch sagte, um ihm eine Begebenheit in den USA zu erklären."

„In Rheinland-Pfalz haben manche Richter nur Französisch, kein Englisch, in der Schule gelernt."

Manuela kopfschüttelnd: „Ich glaube, der Richter war weltfremd. Oder hat er diese Weltfremdheit nur gespielt? – Wie kann man nur zu einem Zeugen sagen: *Sie sind unglaub-*

würdig. Kein Mensch trägt zweitausend Mark in der Hosentasche." Sie zeigte mit dem Finger an die Stirn. „Hirni!"

„Feys hemdsärmeligen Erklärungen, dabei hilflos erscheinende Gestik – keine Erinnerung, ob er bei der zweiten Geldübergabe einen Scheck oder Bargeld übergeben hatte – wusste nicht mehr genau, von wem er das Geld vorher bekommen hatte – wurden als Zeichen seiner Unglaubwürdigkeit gewertet."

Manuela mit wütendem Gesichtsausdruck: „Fey hat doch vor Gericht gesagt, dass er viertausend Mark für den zweiten Auftritt und das MAZ-Band Weber überreicht hat. Ich finde es unerheblich, dass er nicht mehr wusste, woher das Geld stammte, jedenfalls nicht von der Gage, die der Sender zuvor mit Scheck bezahlt hatte. Aber man hat ihm ja auch nicht geglaubt, dass ihm sein Bruder zwei Jahre zuvor das Erpressungsgeld, die ersten zweitausend Mark, geliehen hatte."

„Dir hat man auch nicht alles geglaubt. Die Geschichte mit der Aufstockung der Gage wurde deshalb zum Bumerang, weil du nicht mehr alle Einzelheiten über deine Eigenleistungen, die du eingebracht hattest, wusstest."

Manuela seufzte. „Wie sollte ich, nach so vielen Jahren!"

„Die Aufstockungsgeschichte wurde euch zum Verhängnis, weil das Gericht damit ein dankbares Thema aufgegriffen hat, mit dem es sich auf einen Nebenschauplatz begeben konnte, um euch aufs Glatteis zu führen."

„Wieso?" Manuela blickte verwirrt zu Achim. Sie hatte nicht verstanden, worauf er anspielte.

In ruhigem Ton klärte er sie auf: „Der Richter argumentierte so: Wenn du dich nicht mehr genau an die Eigenleistungen – zum Beispiel an die auf eigene Kosten vorbereiteten Einspielungen der gesungenen Titel erinnern konntest –, wieso solltest du dich dann daran erinnern, dass Weber Geld von dir verlangt hat."

„Was für eine Logik! – Alle diese Fragen hatten sich die Anwälte des *ZDF* bestimmt im Vorfeld ausgedacht", ergänzte Manuela, „um Fey und mich als Lügner erscheinen zu lassen. Mir erschien das Ganze wie ein abgekartetes Spiel."

„Da könntest du recht haben. – Manuela, sag mal, warum hast du mir damals eigentlich deine Probleme mit Weber anvertraut? Du kanntest mich doch kaum."

Manuela lächelte. „Ich hatte großes Vertrauen in dich, nachdem du dich in der *Radio-Luxemburg*-Sache im Vorjahr so sehr für mich eingesetzt hattest. Außerdem hatte ich Hochachtung vor dir, weil du Mathematik-Student warst. Ich hoffte, dass du mir den entscheidenden Rat geben könntest."

Achim blickte zu Boden. Nach einer Weile sagte er: „Später habe ich gedacht, sie kann die Weber-Geschichte doch nicht, wie das Koblenzer Gericht jetzt behauptet, erfunden haben, wenn sie sie mir bereits vor den Auftritten erzählt hat, Jahre bevor es im *Gong* stand. – Aber eines verstehe ich heute noch nicht. Warum hast du mich nicht als Zeugen vor Gericht benannt?"

Sie sah mit ernster Miene in Achims Augen. „Ich wollte dich rauslassen. Ich war sicher, dass auch so die Wahrheit vor Gericht siegt. Ich war so naiv zu glauben, dass ich gegen das Fernsehen gewinnen könnte. Das kann aber niemand. Kein Gericht macht das mit"

Achim resignierend: „Eine öffentlich-rechtliche Anstalt hat die besseren Karten, weil sie sich eine mächtige Rechtsabteilung leisten kann. Der Privatmann kommt da mit seinem Anwalt nicht gegen an."

Manuela zerknirscht: „Das Gericht hat mir verboten, die Wahrheit zu sagen. Ich müsste bei Zuwiderhandlung fünfzigtausend Mark Strafe zahlen."

Vergeblich versuchte die Sängerin in der dritten Instanz, das Koblenzer Urteil zu kippen. Das Bundesgericht ließ jedoch eine Revision nicht zu. Manuela hatte endgültig verloren.

12

Boykott

Manuela hatte sich in ihr Wohnzimmer im ersten Stock zurückgezogen, wollte allein sein und nicht gestört werden. Sie saß im Kugelsessel und dachte an jenen Tag vor zehn Jahren, als sie in Berlin ebenfalls in diesem Sessel gesessen hatte. Es war der Tag, als Dieter Weber nachts aufgetaucht und alles angefangen hatte. Damals war es ihr wirtschaftlich noch sehr gut gegangen, sie hatte ein eigenes Haus und Erspartes. Heute, Ende 1980, wohnte sie zwar ebenfalls in einem Haus, das sie für viel Geld gekauft hatte, ihr aber eigentlich nicht mehr gehörte, sondern der Bank. Sie hatte kein Erspartes mehr, dafür drückende Schulden.

Wie war es dazu gekommen?

Sie hatte versucht, in den USA eine zweite Karriere aufzubauen, was letztlich gescheitert war. Über hundert Flüge über den großen Teich hatten viel Geld gekostet, dann die Ausgaben für die umfangreiche Garderobe und das Luxusleben in Amerika in all den Jahren.

Der verlorengegangene *ZDF*-Prozess hatte sie sehr viel gekostet. Schlimmer aber war der dadurch erlittene Image-Schaden. Manuela hatte das Gefühl, als hätte man gegen sie ein Berufsverbot ausgesprochen.

Dass kein Geld mehr auf der hohen Kante lag, war allerdings nicht nur ihre Schuld, sondern Feys Fehlverhalten zuzuschreiben. Er hatte nach und nach heimlich Unmengen aus ihrem gemeinsamen Konto entnommen und in Spielkasinos verloren, wie sie erst später erfahren sollte.

Der Berghof hatte ihr kein Glück gebracht. Das vor dem Kauf von der Gemeinde Seeg gemachte mündliche Versprechen, sie könne das Anwesen als Gasthof und Pension nutzen, wurde nicht eingehalten. Das Objekt war für Manuela zu einer finanziellen Falle geworden.

So kam es 1981 zur Zwangsversteigerung. Wenige Tage vor dem Termin verließ Manuela ihr Anwesen, um nie mehr dahin zurückzukehren. Ihr Bruder Klaus mietete für sie ein Haus mit Garten und Swimmingpool in Seeshaupt am Starnberger See. Werner organisierte einen Transport, der ihr Mobiliar vom Berghof dorthin brachte. Polizeilich gemeldet war sie jetzt in der Winzererstraße in München. Dort hatte sie ein Appartement im Haus ihres Rechtsanwalts.

Der Erlös bei der Versteigerung des Berghofes reichte nicht, um alle Schulden zu tilgen. Manuela saß nun in der Klemme, setzte alle Hoffnung in ihre neue Musik-Firma *Manuela Sound Musik Produktion*. In ihrem Bekanntenkreis hatte sie Leute gefunden, die sie bei diesem Projekt finanziell unterstützten. So konnten sieben Singles und fünf Langspielplatten und Musikkassetten produziert werden. Der Pferdefuß bei der Sache war der Vertrieb. Dieser haperte so sehr, dass sie auf einer Menge Platten sitzenblieb, die im Keller gestapelt wurden.

Mit den Nummern sechs und sieben der Singles hatte sie sich etwas Besonderes ausgedacht. Es handelte sich um die Titel *Friede auf Erden / Ihr setzt die Welt in Flammen* und die englisch gesungenen Versionen *It's Hard To Explain / They Set The World On Fire*.

Noch ehe sie zu Berghof-Zeiten *Friede auf Erden* komponiert und mit Achim zusammen an Text und Plattencover gearbeitet hat, hatte sie eine ausgefallene Idee. Sie wollte Papst Johannes Paul II einen selbst komponierten Titel widmen und den Erlös der Platte über ihn für notleidende Kinder in Polen spenden.

Bevor sie die fertigen vier Titel mit ihrer eigenen Firma produzierte, hatte sie diese Ralph Siegel für sein Label *Jupiter Records* angeboten. Aber der zeigte kein Interesse. Merkwürdig war nur, dass Siegel wenige Tage später doch einen „Friedenstitel" auf den Markt brachte, einen sehr erfolgreichen sogar: *Ein bisschen Frieden* mit der jungen Sängerin Nicole.

Achim bot sich an, mit dem Auto nach Rom zu fahren und im Vatikan eine Spezialaudienz beim Papst zu bewirken. Dazu gab ihm Manuela zwei vergoldete Exemplare der gewidmeten Singles mit und einen Brief an Johannes Paul II., in dem sie u. a. eine Spende über zehntausend Mark aus dem ersten Erlös der Platten in Aussicht stellte.

Schon kurze Zeit später antwortete der Vatikan mit einem überaus positiven Schreiben.

Manuela und Achim flogen nach Rom zur Spezialaudienz, in der die Sängerin mit dem Papst sprach und ihm den Scheck sowie eine Schenkungsurkunde der Lübecker *Dräger-Werke* für ein Atmungsgerät im Wert von dreißigtausend Mark, das für ein Krankenhaus in Polen bestimmt war, überreichte.

Auf die Frage von Freunden und Journalisten, ob die Papst-Geschichte eine von ihr geplante Publicity-Aktion war, da sie doch evangelisch sei, hat Manuela immer nur geantwortet: „Ich bin ein gläubiger Christ und habe nur helfen wollen. Dazu passte das Lied."

Manuela, die nach der *ZDF*-Pleite und dem Berghof-Verlust gehofft hatte, von der Presse sowie Günther Müller und Reginald Rudorf in Ruhe gelassen zu werden, hatte sich gründlich verkalkuliert.

Am Morgen des 28. Dezember 1981 wurde Achim, der seit längerem ein Zimmer in Manuelas Haus in Seeshaupt hatte, aus allen Träumen gerissen. Er war noch gar nicht richtig wach, als Manuela mit Tränen in den Augen an sein

Bett gerannt kam, sich auf ihn fallen ließ und ihm ins Ohr schluchzte: „Komm hoch, ich muss dir was zeigen!"

Dann hielt sie ihm den Bericht einer Boulevardzeitung vor die Augen. *Manuela – Betrugsanzeige nach Papst-Spende* stand in großen Lettern auf Seite eins. Ihr Erzfeind Müller aus Bad Homburg hatte wieder zugeschlagen. *Aronda*-Müller, wie er auch genannt wurde, bezweifelte in diesem Bericht, dass es sich bei der Papst-Spende um Manuelas Geld handelte. Es könnte gar nicht in so kurzer Zeit erwirtschaftet worden sein. Außerdem stünde ihm das Geld zu, da sie ihm angeblich über elftausend Mark schuldete.

Diese Falschmeldung hatte Müller über Rudorfs *Rundi* verbreiten lassen, und die Medien druckten fleißig deren Behauptungen. Unter anderem hieß es, der Papst habe von Manuela einen ungedeckten Scheck erhalten. In Wahrheit hatte es sich um echtes Bargeld gehandelt.

Die zehntausend Mark waren zwar noch nicht ganz erwirtschaftet, den fehlenden Teil hatte die Sängerin aber vom Vorschuss der Firma *Elite Spezial* abgezweigt, die *Friede auf Erden* ebenfalls veröffentlicht hat.

Manuela, Werner und Achim überlegten, wie sie das Schlimmste verhindern könnten, und hatten eine Idee. Sie fertigten noch am gleichen Tag eine Dokumentation über die Schandtaten von Müller und Rudorf an und sandten sie an alle deutschen Rundfunk- und Fernsehanstalten, die wichtigsten Zeitungsredaktionen und den Vatikan.

Nachdem die Dokumentation fertig war, lag ein Werk von über einhundert Seiten vor ihnen. Sie fügten jeweils eine Single von *Friede auf Erden* bei, vervielfältigten alles und schickten die Post noch am 29. Dezember ab.

In den darauffolgenden Tagen erschienen keine weiteren Presseartikel über Manuelas Papstbesuch. Dann kam die erste Antwort auf das Schreiben. Manuela war außer sich vor Freude, ballte die rechte Faust und hob den Arm, als sie den Absender las: Bischöfliches Sekretariat in Augsburg. Und sie hatte Glück. Ein außergewöhnlich positives Schreiben eines Bischöflichen Sekretärs, geschrieben schon am 30. Dezember.

Sehr geehrte Frau Wegener, für Ihr freundliches Schreiben vom 28. Dezember 1981 sowie die Zusendung verschiedener Dokumentationsunterlagen danke ich Ihnen sehr herzlich. ... Ihnen nochmals den Dank des Bischofs für Ihr begrüßens- und bedankenswertes Unternehmen in Erinnerung zu rufen, der über alle aktuellen, klein karierten Deutungen einiger Blätter hinaus bestehen bleibt. Sie werden selbst im Leben oftmals die Erfahrung gemacht haben, dass Neid, Missgunst, Freunde, Sticheleien und so weiter starke Eigengewichte sind ...

Der Bischof ließ Manuela ferner mitteilen, dass Herr Müller schon im Vorfeld des Papstbesuches versucht hätte, ihre Spezialaudienz zu verhindern, indem er in Augsburg und im Vatikan mehrfach angerufen und erklärt habe, sie sei eine internationale Betrügerin. Man habe ihm jedoch keinen Glauben geschenkt, da er für seine Anschuldigungen nicht den geringsten Beweis erbringen konnte.

Die negative Berichterstattung über Manuela seit dem verlorenen Fernsehprozess hatte böse Auswirkungen. Zwar durfte sie in den Regionalprogrammen der *ARD* ein paar kurze Auftritte absolvieren; im *ZDF* war sie fast zwanzig Jahre lang nicht mehr zu sehen. Von ihren mehr als sechzig bei der Manuela Sound Musik Produktion erschienenen Titel durfte sie nur drei im Fernsehen vorstellen: *Schuld war nur der Bossa Nova*, *Happy Hawaii* und *Ihr setzt die Welt in Flammen*.

Die großen Plattenfirmen mieden sie lange wie die Pest. Mit vorgehaltener Hand wurde ihr signalisiert, dass sie keinen Vertrag bekommen könne, weil dann zu befürchten sei, dass das Fernsehen alle Künstler der Firma boykottierte.

Veröffentlichungen bei kleinen Musik-Labels blieben wegen des schwachen Vertriebs und der Weigerung der Rundfunkanstalten, diese Manuela-Titel zu spielen, unbedeutend.

Achtungserfolge erzielte Manuela Mitte der Achtzigerjahre noch einmal bei *Koch-Records*. Immerhin hat die *GEMA* die

Gebühr für hunderttausend gelistete Platten von *Rhodos bei Nacht* abgerechnet. Die *Koch*-Titel wurden auch wieder im Rundfunk gespielt. Manuela erreichte mit ihnen in Rundfunk-Hitparaden viele erste Plätze, ganz so wie früher.

Richtig zur Ruhe gekommen ist Manuela nie mehr, hatte nachts Alpträume wegen der Ungerechtigkeiten, die ihr widerfahren waren. Davon berichtete sie immer wieder ihrem Freund Achim, der bis 1990 bei ihr, in dem von ihm für sie gemieteten Haus in Horrem, wohnte. Nach 1991 hatte sie noch einmal ein eigenes Haus in Rath bei Nörvenich, wohnte später kurze Zeit in Belgien und Bergisch Gladbach und zuletzt wieder in Berlin. Dort starb sie nach einjähriger Krankheit am 13. Februar 2001 an Gaumenkrebs.

Dank

… an **Dr. Phil. Wolf Allihn**, in dessen literarischem Seminar ich Grundkenntnisse im Roman-Schreiben erworben habe.

Die Entstehung dieses Buches hat er im Rahmen des von ihm als Privatdozent a. D. durchgeführten „Seminars für Autorenfortbildung" von Anfang bis Ende in vielen Textbesprechungen begleitet. Ein halbes Jahr haben wir uns in den Kursen eingehend mit dem gesamten Stoff beschäftigt und in Konzeption, Strukturierung der Handlung, wissenschaftlich-dokumentarischer Grundlegung, Ausdruck und Stil usw. versucht, die beste Darstellungsform zu finden. Hierbei haben vor allem **Anne Wittelsbürger** und **Lothar Mix** kreativ mitgewirkt. Ihnen gilt ebenfalls mein Dank.

… an Manuelas Bruder **Klaus Dittmer**, der mir mit Manuelas Tagebüchern und seinen Erinnerungen wertvolles Material für die Verfassung der Dokumentation zur Verfügung gestellt hat.

Ebenfalls bei TWENTYSIX erschienen:
ISBN 9783740708047

Schlüsselerlebnis – Vier Erzählungen

Joachim Kuhrig

Das werden Sie noch bereuen – Sebastian ist Studienrat an einem Gymnasium. Er unterrichtet Deutsch und erteilt gute Noten für gute Leistungen, schlechte für schlechte. Letzteres ist dem Schulleiter ein Dorn im Auge. Als Sebastian als Zweitkorrektor die Abiturnote einer Schülerin, deren Vater mit dem Deutschlehrer der jungen Frau befreundet ist, heruntersetzt, beginnt für ihn eine Odyssee. Er wird von seinem Chef schikaniert und gedemütigt. Seine ungeschickten Gegenmaßnahmen bewirken, dass alles nur noch schlimmer wird. Durch menschenverachtendes Mobbing wird er in die Enge getrieben und erleidet unsägliche psychische Qualen. Die Ratschläge seiner Kollegen erreichen ihn nicht mehr. Es bleibt ihm nur noch sein Traum, die Doktorarbeit über Carl Zuckmayer zu Ende zu schreiben.

Sykkelfantom – Ein Mann mittleren Alters befindet sich auf einer Fahrradtour in Norwegen. Seine Freunde nennen ihn Kilometerfresser, weil es ihm mehr auf die Länge der Strecke als auf die Sehenswürdigkeiten der Fahrt ankommt. Seine auf mehr als 120 Kilometer angelegte Tour endet nach nur eins Komma sechs Kilometern urplötzlich beim Zusammenstoß mit einem Auto. Bleiben als Erinnerung an diesen Ausflug nur Röntgenbilder anstelle von Urlaubsfotos?

Hasenbachs Scheitern – Hasenbach will Mathematiklehrer am Gymnasium werden. Die Referendarzeit soll er im Rheinland absolvieren. Sein ungewöhnliches Erscheinungsbild und das eigenwillige Auftreten rufen bei den Ausbildungslehrern Erstaunen hervor. Sie stufen ihn als Meister der unfreiwilligen Komik ein und übersehen seine gravierenden fachlichen Schwächen. Das führt zu einer Katastrophe. Dabei hat Hasenbach bis zuletzt daran geglaubt, eine sehr gute Abschlussnote zu erreichen.

Schlüsselerlebnis – Zwei Männer und eine Frau mittleren Alters befinden sich auf einer 140 Kilometer langen Fahrradtour in Schweden. Ihr Ziel ist Karlstad am Vänersee. Einer der Männer verliert erst seinen Autoschlüssel, dann den Fahrradschlüssel. Das Speichenschloss will er nicht mit Gewalt öffnen. Er will den Schlüssel zurückhaben. Seine Freunde verhalten sich bei der Suche nicht, wie er sich das wünscht. Er lernt sie von einer ungewohnten Seite kennen. Ein Schlüsselerlebnis besonderer Art.

Ebenfalls bei TWENTYSIX erschienen:
ISBN 9783740707903

Manuela
Das Mädchen mit der Träne in der Stimme
Biografischer Tatsachenroman

Joachim Kuhrig

Seeshaupt 1981. Achim, der Gymnasiallehrer aus dem Rheinland, lebt in seinen Schulferien mit in Manuelas Haus am Starnberger See. Da er die Biografie des Stars schreiben soll, erzählt sie ihm abschnittsweise ihre bisherige Lebensgeschichte mit allen Höhen und Tiefen. Im Zentrum steht der 1973 beginnende gegen sie gerichtete Fernsehboykott, der sie erstmalig an den Abgrund führt. Achim, seit Anfang ihrer steilen Künstlerkarriere tief ergriffener Bewunderer, hat sich längst in Manuela verliebt und erobert sie im Laufe der Zeit mit einer Engelsgeduld. Horrem 1984. Manuela und Achim sind häufig allein ohne den ständig im Weg stehenden Manager Werner. Die Liebe ist voll entflammt und mündet in einer engen Beziehung. Manuela gewinnt wieder Boden unter den Füßen und erfüllt sich mit dem Komponieren von Schlagern und Popmusik einen weiteren Lebenstraum. Dann ein plötzlicher Vertrauensbruch. Die Beziehung stirbt durch Rückzug von Achim, der sie jedoch aus seinem Herzen nicht verliert. Manuela bekommt in den Folgejahren ihr Leben nicht wirklich in den Griff. Werner, der sie entdeckt und nach oben gebracht hat, den sie aber auch zu hassen gelernt hat, stirbt 1993. Bruder Klaus, mit dem sie wegen eines Zerwürfnisses zwischen Werner und ihm bricht, hilft ihr als ihr neuer Ratgeber, wieder in Rundfunk und Fernsehen aufzutreten. Bis dahin kennt Manuela die Gipfel ihrer Karriere (Las Vegas, 44 amerikanische Bühnenshows, Freundschaft mit Cary Grant) ebenso wie die Täler tiefer Verzweiflung und Not bis hin zu Selbstmordgedanken. Doch die eigentliche Tragik ihres Lebens ist ihr früher Tod 2001. Die tückische Krankheit Gaumenkrebs überkam sie, als sie sich berechtigte Hoffnung auf ein großes Comeback machen kann.

Ebenfalls bei TWENTYSIX erschienen:
ISBN 9783740715861

Setzen Fünf
Schulerlebnisse aus den Fünfziger- und Sechzigerjahren
Autobiografische Erzählungen von

Joachim Kuhrig

Die Schulzeit am Gymnasium erscheint mir im Nachhinein wie eine neunjährige Kabarettveranstaltung, wobei die Lehrer Opfer ihres unfreiwilligen Humors sind.
Einer der Englischlehrer wirkt wie ein Zyniker mit dem Aussehen und der Stimme des Fernsehmoderators Dieter Thomas Heck.
Die Religionslehrer scheinen sich, ohne es zu merken, wie Komiker aufzuführen.
Einem Mathematiklehrer wird nicht bewusst, dass er in einer Klassenarbeit Stoff abfragt, den er gar nicht unterrichtet hat.
Ein langjähriger Deutschlehrer lässt drei Klassenarbeiten an einem Tag schreiben und gibt sie am gleichen Tag mittags benotet zurück.
Ein Chemielehrer verursacht bei einem Experiment mit einer Natriumstange beinahe einen Unfall.
Eine Wette auf dem Pausenhof führt zu einem Freizeitabenteuer der außerschulischen Art.